Leme

Madalena Sá Fernandes

Leme

todavia

Recordo bem este medo da infância.
Evitava as poças, sobretudo as novas, após a chuva.
Afinal, uma delas poderia não ter fundo,
Ainda que parecesse igual às outras.

Wisława Szymborska

I

No seu funeral, a ex-mulher dele, a última, abraçou a minha mãe, a penúltima. As duas choravam muito. Ela disse-lhe ao ouvido: "Era um filho da puta".

2

Era um filho da puta. Um filho da puta que lembramos em lágrimas.

Tenho nítida a imagem da minha mãe a chorar. Guardo muitas imagens da minha mãe a chorar. Esta, em específico, é de um choro de nervos. Era assim que a minha mãe qualificava o choro, para me acalmar: "É de nervos". O choro de nervos era choro na mesma, mas tinha uma carga mais leve do que o de tristeza.

Nervos em cima do rolo do papel para forrar os manuais escolares. Não havia maneira de ficar sem bolhas. Os manuais estarem forrados era fundamental. Entre colegas, olhávamos para a forma como os livros uns dos outros estavam forrados. Eu queria que os meus ficassem lisos, mas estavam sempre cheios de bolhas e, pior, de vincos. Forrar um livro requer uma técnica que a minha mãe não dominava. Empenhava-se e, por saber como eu me importava com aquilo, chorava sobre o papel de plástico. Esta tarefa prolongava-se até muito tarde. No dia seguinte, quando eu chegava à escola com o meu material escolar novo, havia naqueles manuais as bolhas e os vincos da angústia maternal.

Sentia inveja dos manuais de alguns colegas, forrados com antecedência, forrados sem dedos a tremer. E sentia carinho e compaixão pelos que chegavam com os manuais com tantas rugas, que não se liam os títulos. Imaginava a vida desordenada das suas casas. Imaginava a guerra em torno dos manuais e o momento em que tiveram de aceitar que aquilo era o melhor possível. Alguns tinham o forro tão lasso, que parecia que o livro estava dentro de um saco de plástico. Há sempre uma situação melhor, mas há sempre uma pior também. Para mim, relativizar tornou-se uma técnica. Mas percebi que em excesso pode ser uma técnica perigosa.

Quando o Paulo chegou à nossa vida, eu tinha seis anos e nenhuma vontade de que um homem viesse intrometer-se na casa onde eu vivia com a minha mãe.

A separação dos meus pais não me tinha doído, pelo menos não a ponto de deixar memória. O maior trauma foi separar os peluches. Pensar que peluches ficariam mais tempo comigo e que peluches ficariam menos tempo. Talvez tenha sido a primeira grande decisão que tomei.

3

Ele chegou para jantar na casa onde eu vivia com a minha mãe, e ela pediu: "Diz olá ao tio Paulo". Eu tinha nos olhos um ódio que seria injusto, caso ele não viesse mais tarde a justificá-lo. Respondi: "Olá, Paulo, estás bom?". Tratei-o pelo nome e por tu. Ele estava desconfortável, mas a circunstância obrigou-o a anuir e a mentir, dizendo que não se importava. Era o sacerdote das boas maneiras, expressão que me ensinou a abominar. Uma criança tratar por tu um adulto que não conhecia era impensável na sua cadeia de valores. Desde então, estabelecemos essa relação disfuncional, até no tratamento: eu tratava-o por tu, ele tratava-me por você. Tratá-lo por tu é significativo, mas esta aparente proximidade não quer dizer que eu não tivesse medo. Eu tinha muito medo. Medo da noite, que trazia a imprevisibilidade. Medo da força dele, dos urros que se soltavam do seu corpo e que apareciam de surpresa na madrugada.

Antes da violência doméstica, dos distúrbios e do alcoolismo, antes de haver nomes para as coisas, eu conhecia-as. Percebia as disfunções antes de conhecer a mecânica do mundo e das pessoas.

O Paulo tornou-se protagonista da minha história antes de eu saber minimamente o meu papel, mas já deixei, ou estou aos poucos a deixar, de culpá-lo pelas falhas na minha vida.

Ele ganhou terreno quando me forrou os livros. Foi o momento em que pensei que talvez tivesse chegado um homem para nos salvar. Lembro-me de vê-lo de pé, com a régua na mão, curvado sobre a mesa. Cortava o papel com um x-ato, a direito e sem esforço. Entrei orgulhosa na sala de aula, no dia seguinte, a exibir os meus livros impecáveis.

O Paulo forrava-me os manuais sem deixar bolhas de ar, tratava-me as feridas dos joelhos com Betadine e cortava-me as unhas com um corta-unhas. Eu nunca tinha visto um corta-unhas. Até então, cortavam-se as unhas com tesoura. Aquele instrumento era novo, e o barulhinho, agradável. As unhas caíam na mão dele, não saltavam como quando eu experimentei fazer sozinha. A mão dele, enorme, forte e áspera, acolhia as minhas unhas pequenas.

Quando a minha mãe e eu falávamos dele, tentávamos encontrar as coisas boas. E, nesses momentos, vinham à baila detalhes assim, para tentarmos amenizar o resto. "Ele forrava-te os livros."

4

O seu grande inimigo era a desarrumação. A desarrumação tinha de ser combatida. Mas a desarrumação era a minha mãe. E eu.

Quem é desarrumado tem quase sempre de lidar com as consequências. Há um karma muito evidente que cai sobre os desarrumados. Perdemos a carta das Finanças, temos de pagar mais multas. Perdemos o cartão de cidadão, temos de ir para a fila fazer uma segunda via. Comemos torradas na cama, dormimos desconfortáveis em cima de migalhas que se transformam em pedrinhas pontiagudas. A desarrumação era o nosso modus operandi, a organização e arrumação, o dele. Havia naturalmente um conflito.

Lembro-me de um dia — eu devia ter nove anos — ter deixado o prato na sala de jantar, depois de comer bolonhesa. Pouco depois, vi o prato voar pelo meu quarto adentro, com restos de massa e molho. Embateu na parede do lado oposto e partiu-se. Parecia ferido quando caiu no chão.

Ele falava constantemente do chiqueiro, da bandalheira e do chavascal. Estas palavras, repetidas, faziam parte do seu léxico privado. Na altura, não fui ver o que significavam. Chiqueiro, bandalheira, chavascal eram a desarrumação. Éramos nós.

O escritório era a sua divisão, a divisão que o Paulo dominava. Toda a casa se tinha adaptado aos seus padrões de organização, restando somente uns objetos resistentes, como pilhas ou peças inúteis, que ocupavam gavetas à revelia dele. Mas o escritório distinguia-se pela imaculada organização.

Eu passava pelo corredor e via, pela porta entreaberta, a sua nuca careca reluzente. Ele ficava horas ali, em frente ao computador, com os óculos retangulares na ponta do nariz, a jogar bridge online e a fumar os seus L&M. Eu sentia o cheiro do cigarro e ouvia os cliques do rato a interromperem o silêncio. Ocasionalmente, um pigarrear. Os jogos duravam horas, e aí a casa parecia imersa num silêncio compacto. Mas não era um silêncio apaziguador. Era só alívio passageiro, antes de uma possível explosão. Às vezes, ele levantava-se de repente. Fazia anunciar os seus movimentos mais inesperados com o arrastar ruidoso da cadeira no soalho de madeira e com passos compridos e rápidos pelo corredor. Caminhava depressa, tão veloz, que dava a impressão de levantar vento, um vento que ia contra as coisas. Batia com violência as portas atrás de si, afastava da mesa copos e pratos que subitamente lhe provocavam repulsa, fazia sons grotescos com a boca, parecendo rosnar ou grunhir, como se estivesse a engolir ameaças ou insultos, afastava obstáculos da casa com pontapés bruscos, rugia por vezes com mais força por causa de um qualquer pretexto que encontrava nos caminhos domésticos — uma peça de roupa fora do sítio, uma cadeira não alinhada com as outras, um sapato sem par, uma janela mal fechada ou mal limpa, dedadas no ecrã da televisão. Irritavam--no, de uma maneira invulgar, as dedadas no espelho ou no vidro do armário da casa de banho. As superfícies de vidro estavam interditas aos dedos.

 Fazia questão de evidenciar o seu estado de contínua frustração com o mundo. Para isto, socorria-se de diferentes estratégias. Em nenhuma delas cabia o equilíbrio.

 Era escultor e professor de belas-artes. Um artista meticuloso. Lembro-me dos lápis alinhados por espessura e dos x-atos dispostos por tamanhos. Sempre que eu ia ao escritório buscar uma das suas muitas canetas especiais para fazer desenhos, ele dava conta.

5

"O Mostrengo que está no fim do mar/ Na noite de breu ergueu-se a voar." Estudávamos este poema na disciplina de língua portuguesa. Eu tinha doze anos, e era necessário um representante de cada turma para ler poesia numa espécie de concurso. Fui escolhida para decorar o poema e recitá-lo para uma plateia, e fiquei nervosa por ter essa responsabilidade. Além disso, o poema do Mostrengo lembrava-me o Paulo. A palavra Mostrengo lembrava-me o Paulo. Alguma coisa na forma como se diz Mostrengo lembra-me a voz do Paulo. O tom do poema, a dimensão assustadora da voz do Mostrengo no escuro também. Talvez por isso eu tenha bloqueado quando chegou a minha vez. A meio da declamação, comecei a gaguejar, a sentir-me tonta.

Tinha de dizer "Manda a vontade, que me ata ao leme", mas não conseguia articular as palavras. Nenhuma vontade mandava ali. Não fui capaz de continuar. O rei tremia no poema e eu, em cima do estrado, tremia mais do que ele. Disse "Não consigo", abandonei o auditório e fui para a casa de banho, onde passei o resto da tarde. Lembro-me da sensação de ter perdido a oportunidade. Lembro-me de chorar de vergonha. E de sentir que não conseguia enfrentar o Mostrengo.

6

A minha mãe e eu tomávamos banho de imersão. Ela refugiava-se no banho. Levava livros, fumava e, quando acabava, a casa de banho era toda fumo do vapor e de cigarro. Estava quente e cheirava a Marlboro. Mas era um porto seguro. O banho era a minha mãe a ser dona do seu tempo. Eu imitava. Enchia a banheira e levava um livro. Ficava lá muito tempo, até ficar com mãos de velha e ter de sair. Deixávamos cabelos no ralo. Dificilmente se percebia de quem eram os cabelos, porque estavam molhados e empapados. Uma mistura capilar convertida numa papa nojenta.

Os cabelos no ralo eram uma afronta. Ele gritava muito por causa disso. Uma vez, pegou nessa papa e levou-a até a mesa onde eu estava a comer. Ergueu os cabelos à minha frente, a pingarem para cima do meu prato. Pareciam um bicho.

Um dia, de manhã, abri o armário da casa de banho para lavar os dentes. Reparei que a minha escova cor-de-rosa estava envolta em cabelos empapados. Ele tinha pegado nos cabelos do ralo, enrolando-os cuidadosamente à volta das cerdas da minha escova de dentes. A da minha mãe estava igualmente cheia de cabelos. Será que ele separou cada fio e os agrupou de acordo com a tonalidade, para depois os enrolar na respetiva escova? Ainda hoje me questiono.

Fiquei tão enojada, que passei esse dia com vómitos e mais de uma semana sem conseguir lavar os dentes. Aquela imagem repulsiva não me saía da cabeça.

Depois destas investidas silenciosas, ele e eu agíamos como se nada fosse. Cruzávamo-nos no corredor estreito e tínhamos conversas corriqueiras sem abordarmos o tema, numa espécie de "eu sei que tu sabes que eu sei" orgulhoso e infantil dos dois lados. Éramos os dois adultos ou os dois crianças. Parecia que um de nós tinha de mudar para nos entendermos. Havia esta infantilização do Paulo, mas o mais comum era eu ser forçada, por ele ou pelas circunstâncias, a ser adulta.

Estes ímpetos de agressividade passiva surtiam efeito. Depois disto, nunca mais saí da banheira sem verificar se o ralo estava desimpedido de cabelos. O Paulo infligia-nos medo para ter poder sobre as nossas ações. Mas só agora, ao fim destes anos e depois da morte dele, percebo isso.

Eu imaginava que ele se regozijasse pela eficácia destes golpes cirúrgicos, como um vilão dos desenhos animados a esfregar as mãos. Mas o mais provável era que estes pequenos ataques não contribuíssem especialmente para apaziguar as suas angústias, e até, a longo prazo, talvez as ampliassem. Eu pensava assim e isto revelava a minha inclinação para o desculpar e diminuir a gravidade dos acontecimentos.

Eis um detalhe acerca da memória: o que mais quero eliminar é o que vai ressoar para sempre e fazer-me companhia durante o resto da vida.

Muitas são as manhãs em que pego na escova de dentes e me recordo dos cabelos enrolados. Porém, hoje, quando penso neste episódio, já não sinto nojo ou raiva. Já consigo até sorrir.

7

Ouvi falar de violência doméstica pela primeira vez na televisão e as duas palavras juntas provocaram-me um choque. Tinha onze anos, estava a lanchar em casa da minha avó e passava um programa da manhã. Enquanto eu bebia leite Ucal e comia torradas, o ecrã mostrava uma senhora a chorar, com música triste a tocar em fundo. Pareceu-me que violência doméstica era uma combinação forte. Violência. E doméstica. Porque violência para mim eram as guerras, e doméstico devia ser casa, tranquilidade. Violência eram tiros e socos, e doméstico eram tachos e mantas. Ouvi o relato que a senhora fazia e reconheci as situações.

Guardei esta expressão para depois contar à minha mãe, sentia urgência em dar-lhe a notícia, porque tinha a certeza de que ela não estava a par. Achei que acabara de desvendar um mistério, que ia apresentar-lhe uma solução.

Quando disse à minha mãe, ela riu-se, como costumava fazer sempre que eu dizia alguma coisa que a surpreendia, mas não fez nenhum comentário.

8

Anos mais tarde, escrevi uma crónica sobre violência doméstica e convidaram-me para um programa da manhã. Imaginei-me a falar sobre isso com a mesma música triste a tocar por trás. Recusei.

Nunca quis escrever um livro sobre violência doméstica. Preferia escrever uma ficção onde não existisse nenhum tipo de brutalidade.

O meu psicanalista, porém, tentava convencer-me a escrever sobre os meus traumas. E insistia em como isso seria importante para mim. Na altura, li uma frase de Hemingway que parecia um aviso e um convite: "Escreve de forma dura e clara sobre o que dói". Mas eu estava farta deste assunto, queria largá-lo como quem deixa cair uma carga pesada no mar. Tentei inventar histórias para pôr num romance, e comecei algumas. No entanto, em todas estava lá eu, e estava lá o Paulo.

Li uma vez que escrever é mais sobre vestirmo-nos do que sobre despirmo-nos. Que chegamos nus à página, vulneráveis, e que a partir daí vamos colocando peças de roupa, camadas e camadas que vão cobrindo e protegendo a nudez. Gosto dessa imagem. Era o que planeava fazer. Mas em todas as tentativas acabei por não proteger a minha fragilidade, apenas a disfarçava, e o que escrevia era artificial e postiço. Por isso, decidi escrever sobre a realidade e sobre o passado, para tentar fechar de forma dura e clara o que dói.

9

Detestava o mundo que apenas pertencia a eles os dois, aquele mundo onde eu não tinha lugar.

Brincava sozinha, no quarto, fechada. Lá de fora, tudo poderia surgir. Era do silêncio que apareciam os gritos, imprevisíveis e desgovernados. Acontecia sobretudo à noite. As discussões obedeciam a um ritmo quase sempre idêntico. Havia um primeiro berro, como um primeiro trovão. Depois escalava, as portas batiam, às vezes ouvia-se o barulho de vidro a partir. O tom de voz grave dele sobrepunha-se ao tom baixo e afónico da minha mãe, e ia num crescendo até que ela, impelida por um arroubo momentâneo, abandonava a postura condoída que assumia a maior parte do tempo e afrontava-o com veemência. Havia ocasiões em que esta tomada de posição ajudava a refrear o meu padrasto. Na maior parte das vezes, porém, instigava-o e aumentava a escala da violência.

Eu ficava atenta ao que se passava para lá da porta, incapaz de me concentrar no que fazia antes, estivesse a ver um filme, a ler um livro ou a fazer um desenho. Sustinha a respiração, faltava-me o ar, temia pelo desfecho do conflito.

Fui aprendendo a sossegar-me, a saber esperar até que tudo acabasse. Como se aquela não fosse a minha casa e a minha família, mas antes um acontecimento externo a mim.

Atormentava-me que os acessos de ira do Paulo conseguissem estragar por completo as minhas noites e os meus dias, que interferissem no meu sossego, que nada daquilo fosse decidido por mim. Mas tinha de assistir a tudo, porque era a minha casa, e na minha casa as coisas eram assim.

Pensava nas outras casas, nas casas dos meus amigos — se as brincadeiras seriam assim interrompidas, se também eles se colavam à porta, a tentarem antecipar o colapso do mundo que conheciam.

A única certeza que eu tinha era de que aquilo não estava certo. Eles não me transmitiam isso, mas eu entendia por mim o que estava bem ou terrivelmente mal.

Às vezes, o segredo é ignorar, mas, na altura, o que me ajudava era reparar nos detalhes. Se repararmos só numa sobrancelha, tudo o resto se desvanece. Eu fazia isso muitas vezes, concentrava-me só na sobrancelha dele. Grossa e negra no meio de um rosto sem pelos, era quase uma salvação. Uma gaivota. Para cima e para baixo.

Eu já sabia que não adiantava ir à varanda tentar que alguém acudisse. Quando vinha a polícia, e veio algumas vezes, não adiantava; quando contava a alguém, não adiantava; quando implorava à minha mãe para que fôssemos embora, não adiantava.

Com os primeiros gritos da noite vinha o susto. Depois habituava-me, como à música alta de uma discoteca.

Era então que eu aparecia de pijama e ficava a ver. Uma peça de teatro pela ombreira da porta. Eles, os atores, pareciam não querer plateia. Mandavam-me embora, para poderem ficar a sós. Queriam odiar-se a sós. Eu ficava com os pés presos, imóvel, em vigília.

Só aos poucos me fui apercebendo da dor. Porque tem de se experimentar, e muito tempo, e calada, e só. Deixar a dor chegar devagar, senti-la claramente nas insónias. E então o corpo era pouco mais do que medo. As pernas não tremiam, ficavam paradas, mas tensas, como se o corpo todo planeasse, de forma inconsciente, reagir rapidamente. Saltar da cama e fugir ou saltar da cama e socorrer a minha mãe. O corpo não sabia o que podia acontecer, mas, de noite, em vez de descansar, parecia preparar-se para agir de forma decisiva, como se estivesse mais acordado de noite do que de dia.

Uma mãe deitada no chão, uma dor que ninguém deveria conhecer. A minha mãe deitada no chão era o fim do mundo. Uma vez, cheguei a correr para ver se ela respirava, como uma mãe faz a um recém-nascido no berço.

Vivia a desejar que chegasse a manhã. A manhã remetia para um recomeço. Mas com a manhã vinha quase sempre a vergonha. Eu sentia tanta vergonha pelo que tinha visto e ouvido, que não queria olhar para ninguém até o quotidiano dissolver o que se tinha passado.

Acordava, saía do quarto e avançava com passos pequenos, a olhar para baixo, como se houvesse uma linha no chão que eu fosse obrigada a seguir. Murmurava um olá que vinha do fundo ou um bom-dia sussurrado sem levantar a cabeça. Naqueles primeiros instantes da manhã, o levantar da cabeça era como uma acusação explícita dirigida, mais do que a ele, à minha mãe. E, como não a queria maltratar, mesmo se apenas com este gesto mínimo da nuca, eu mantinha a cabeça baixa em estado de vergonha, mas manifestando uma condenação em relação ao que acontecera, em contraste com o que eles faziam: quase sempre, no dia seguinte, principalmente a partir da tarde, recomeçavam tudo, como se na noite anterior ninguém se tivesse agredido nem berrado insultos nojentos. A manhã deles era também mais silenciosa, meio envergonhada, mas à tarde tudo principiava de novo. Por vezes com descontração, com uma pergunta meio teatral da minha mãe e uma resposta do meu padrasto no mesmo tom: era um tom de início do mundo, sem qualquer ponta de acusação de um lado ou de remorso do outro. Estranhamente, era até nele que permanecia um rancor mais duradouro. Como se tivesse sido ele o alvo das ofensas e dos maus-tratos.

10

As discussões tinham fases, como ondas. O Paulo fazia pausas no berreiro para ir até ao escritório consumir-se com um qualquer discurso interno convincente e abastecer-se de argumentos, e logo tomava balanço no corredor, em passos apressados, irrompendo na sala com todo o vigor, para uma nova vaga de insultos, gritos e portas dramaticamente arremessadas.

Ele só abrandava quando estava satisfeito com o impacto da cena. O critério variava consoante o dia. Ao longo dos anos, ia ficando menos e menos satisfeito, e precisava de cada vez mais violência e de causar cada vez mais impacto.

Se a discussão não fosse muito acirrada, acabava com ele no escritório de porta fechada. Mas se fosse especialmente agressiva, ele saía de casa. Nas discussões mais leves, insultava com os piores nomes que uma mulher pode ouvir. Nas mais fortes, as palavras eram apenas aquilo que acompanhava gestos e movimentos agressivos, quer dirigidos aos objetos da casa ou aos móveis, quer dirigidos à minha mãe. Eu esperava o bater da porta da rua, que anunciava que ele tinha saído, e corria para junto da minha mãe. Às vezes abraçava-a, e não sei se era mais por ela precisar de um abraço ou por eu precisar de um abraço.

II

Tinha medo de dormir sozinha nas noites piores, e já havia um acordo implícito de passar na cama da minha mãe essas noites em que ele saía porta fora. Ele soube deste hábito e não lhe agradava a ideia de nós juntas na cama, a esfregar os pés numa espécie de união quentinha contra a sua cólera.

Numa das vezes em que ele saiu depois de uma discussão, fui para a cama da minha mãe e, assim que levantei os lençóis e me deitei, senti na pele uma viscosidade que me repeliu. Os lençóis estavam besuntados. Ele tinha espalhado um creme gorduroso e espesso no lado da cama onde sabia que eu ia deitar-me. Não aguentou ver-se como aquele que leva a mulher e a filha a terem de proteger-se nos lençóis. E conspurcou também o refúgio. Queria dar cabo da solução.

O meu corpo ficou todo gordurento. Lembro-me de ir a chorar tomar banho, na esperança de que fosse possível eliminar o creme e o medo.

12

Os momentos em casa da minha avó são os mais felizes da minha infância. O silêncio em casa da minha avó não fazia mal. Não prenunciava nada de errado. Cheirava sempre bem, os ruídos eram mais suaves, mesmo os vindos da rua. Nunca a ouvi gritar. Toda ela era contenção e escolha. Nessa época, eu não lhe via a amargura, apenas a delicadeza com que calçava as pantufas e desviava as cortinas, para entrar mais luz. A minha avó sorria, mas nunca por muito tempo. E nesses sorrisos breves escapava uma sinceridade bonita. Tinha a voz um pouco rouca, falava baixo e às vezes tossia para a colocar melhor.

A sensação que a casa me transmitia era agradável. Mas, objetivamente, a casa não era muito hospitaleira. Parecia toda castanha. Os móveis de madeira escura, os tapetes com padrões de cornucópias sombrias. Um castanho cor de barata. E, nem de propósito, ocasionalmente encontrávamos baratas. Encontrar uma barata era um acontecimento que moldava todo esse dia. A barata contaminava o ambiente. Quer eu a tivesse visto, quer o grito de algum primo me avisasse da sua presença, o resto do dia era passado em reverência e medo. Aguentávamos a vontade de ir à casa de banho para não termos de atravessar o corredor. Calçávamos os sapatos, estranhávamos de súbito a casa, não queríamos tocar em nada. Subíamos para o sofá e levantávamos os pés. Às vezes espreitávamos pela porta com assombro e víamos a nossa avó a matar a barata. Servia-se de um sapato ou da própria vassoura com a qual, segundos depois, varria o pequeno cadáver para a pá. A barata encolhia-se. E nós também.

Encontrei muitas vezes baratas nos livros. Pergunto-me se será por os escritores terem as casas cheias delas. Eu fujo de baratas na vida e nos livros, mas li maravilhada *A paixão segundo G.H.*, de Clarice Lispector. Apesar do meu nojo de baratas, não consegui abandonar a leitura. Ela desencadeou uma memória familiar. Lembrei-me de ver a minha avó a esmagar baratas ao fundo do corredor de casa dela e de sentir igualmente repulsa e fascínio. A dado momento no livro, a barata olha a narradora com "olhos de noiva". E eu sinto que esse é exatamente o olhar das baratas. Há um momento em que a barata, "debruçada sobre a própria cintura", olha a narradora de baixo para cima. E a mulher percebe que tem à frente dela o imundo do mundo. Isto era o que acontecia quando eu via a minha avó ao fundo do corredor. Ela varria o imundo do mundo. Era isto que eu sentia que ela fazia.

13

Neste momento em que escrevo, todos os meus objetos estão em caixas de cartão, num novo espaço. Ter a vida toda dentro de caixotes não me desconcerta, porque eles sempre significaram um recomeço. As caixas no chão são a prova material e concreta de que se está a mudar. Ao mesmo tempo, ajudam-me a esquecer os motivos da mudança, porque exigem muito de mim. Antes de adormecer, em vez de pensar que estou a separar-me, e no que isso representa, penso na forma como vou desfazer as caixas. E, quando me encontro frente a elas, atarefada, faço o que tenho a fazer com as mãos e esqueço com a cabeça.

Pensar nos objetos e na sua organização acalma-me. Colocá-los em caixas é aperceber-me deles. Do espaço que ocupam e do que representam na minha biografia. Não tinha essa noção quando estavam em simbiose com uma casa. Mas, nas caixas, consigo perceber a sua dimensão tangível e afetiva. São o meu rasto. Uma extensão de mim. São histórias, pequenas ou enormes, que trouxe comigo.

Entendo agora que escrever é muito semelhante a desmontar essas caixas, a pegar outra vez nos objetos e a tentar encontrar uma nova prateleira para eles, um novo chão ou parede.

Às vezes, na escrita, bloqueio, sem saber que caixa abrir primeiro. São todas necessárias. Há dias em que abro a de coisas volumosas, que parecem ocupar também mais espaço no pensamento. Noutros dias, abro as que contêm minúcias e objetos irrelevantes, exceto para mim. Por vezes, calha-me a caixa de recordações de infância; outras, aquela onde estão burocracias, loiças ou livros.

À medida que vou, agora, abrindo as caixas, vou reorganizando o meu mundo. E, enquanto escrevo, organizo estas memórias. Há episódios que são dolorosos de recordar. Mas é fundamental fazê-lo, caso contrário, continuarão a impor a sua presença no meu espaço. E uma memória violenta que não se destapou será sempre um assunto por resolver.

Por mais difícil que seja escrever sobre estes acontecimentos de infância, e por mais doloroso que seja, agora, após a minha separação, tentar encontrar um novo espaço para pôr os meus objetos, sinto que preciso de abrir e arrumar, arrumar e abrir, sem parar, até ao último objeto, até ao fim do livro.

14

Quando eu tinha dezessete anos, com a minha ajuda e depois de eu muito insistir, a minha mãe decidiu sair de casa.

O barulho que a fita-cola faz, agora, quando a estico, uma espécie de rasgão estridente, é o mesmo exato som inoportuno que aparecia, de madrugada, quando a minha mãe e eu montávamos, à pressa, caixas, enquanto o Paulo dormia. Lembro-me do medo provocado por aquele barulho, medo de que ele acordasse e nos visse a preparar a fuga.

A ansiedade impedia-nos de coordenar os movimentos e a lógica. Era preciso pensar nas coisas mais importantes, que deviam ir logo primeiro. Ao mesmo tempo, não dava para mudar tudo naquele dia, por isso tínhamos de colocar apenas as coisas de que ele não desse pela falta, que eram as menos importantes. Começar uma mudança urgente pelo supérfluo era irracional, mas era o possível.

Numa dessas tardes, encaixotávamos objetos a grande velocidade, tentando colocar o máximo de coisas nas caixas antes que ele chegasse, quando ele entrou, subitamente, em casa, e nos apanhou em flagrante. Estávamos a pôr livros numa caixa. Viu-nos, ficou em silêncio, cheio de raiva no olhar. E depois disse alto para a minha mãe:

— Então? Ainda ontem querias dar uma queca. Ninguém diria.

Tive vontade de me levantar e lhe bater. Ele parecia encontrar sempre formas de me magoar mais e mais. Não consegui olhar para a minha mãe. Odiei-os aos dois. Senti ódio e nojo.

Durante muito tempo, houve caixas por todo o lado na minha vida. Algumas ainda não desfeitas e cujo conteúdo era enigmático para mim, e outras já vazias. Isto acontecia nas casas para onde eu e a minha mãe íamos nos intervalos da relação dela com o Paulo. E na mudança final também. Essa suspensão parecia uma recusa em assentar.

Lembro-me de estarmos numa casa na qual ficámos pouco tempo, talvez nem dois meses, e de haver uma caixa vazia enorme que tinha servido para alojar uma televisão. Levei-a para o meu quarto e ela transformou-se num refúgio. Pus uma almofada lá dentro, entrava para lá e ficava horas a ler, protegida, no que para mim era uma casa minúscula mas suficiente. Eu sentia-me confortável com a mudança, mas precisava de me refugiar dela.

A imagem de mim em criança dentro de uma caixa de cartão, meio escondida, meio abrigada, comove-me.

15

Um dia, abri a gaveta da mesa de cabeceira do quarto deles, do lado do Paulo, e encontrei uma pistola. Abrir uma gaveta e ver uma pistola é perturbador. Especialmente uma gaveta de mesa de cabeceira, que costuma guardar remédios, terços, cartões com orações do anjo da guarda, ou lenços. E de repente a pistola. Era metálica e pequena. Uma pistola pequena parece que impressiona mais. Durante semanas, pensei na pistola. Voltei lá um dia e peguei nela. Foi uma surpresa. Quando se pega em alguma coisa, cria-se uma ligação, estabelece-se um pacto. Em certa medida, pressupõe um compromisso. A pistola era muito mais pesada do que imaginei. Lembrava-me, provavelmente, uma das pistolas de plástico com que brincava no Carnaval. Mas aquela era muito pesada, especialmente tendo em conta o seu tamanho. Era fria e rugosa. Fiquei muito nervosa ao segurá-la e voltei a pô-la no sítio. Nunca me esqueci dela.

Tenho ideia de este assunto ter vindo à baila um dia com o Paulo e de ele ter dito que tinha a pistola para proteção. Mas aquela pistola não me transmitia proteção.

16

O Paulo usava chapéu. Um chapéu de feltro castanho, que me lembrava o de um cowboy. O chapéu andava sempre com ele, se não na cabeça, no banco da frente do carro, enquanto conduzia. Ou na cadeira ao seu lado nos restaurantes. Uma extensão sua, que exalava o seu perfume.

Quando eu estava na sala sozinha com o chapéu, não me sentia inteiramente só. Era um indício da presença dele, tão forte, que me causava inquietação. Um sinal de que era preciso estar alerta. Como um cão de guarda, eu sabia que o dono estaria nas imediações. Aquele chapéu falava, e vê-lo pendurado no cabide ao entrar em casa era quase um confronto direto com a sua presença. Olhar para o chapéu era olhar para ele. Não concebia a existência dele sem o chapéu. E não era apenas um. Não tenho a certeza se variava consoante os dias, ou se usava certo chapéu até que se gastasse, passando então para o seguinte.

Houve uma fase em que eu gostava de me ver de chapéu, e ele às vezes deixava-me usar um dos dele. Temos uma fotografia assim, tirada talvez pela minha mãe. Os dois de chapéu, o braço dele por cima do meu ombro, eu a segurar a aba com dois dedos, o que me leva a crer que ele terá feito naquela altura uma graça qualquer. Ele sorria só com os olhos, era o seu sorriso sincero. Eu ensaiava uma atrapalhada pose sedutora.

Na praia onde passávamos férias, ele era conhecido como "o senhor do chapéu".

Também o meu pai usa muitos chapéus. Mas os chapéus do Paulo eram diferentes. Eu sentia que os seus chapéus eram maus.

17

Lembro-me dos objetos dele alinhados no aparador da entrada. O isqueiro Zippo metálico, a caneta de tinta permanente, o gravador, o telemóvel Sony Ericsson, a chave do carro. Todos juntos, formavam um conjunto que era ele. Cada objeto destes era inequivocamente dele. Escolhia-os à sua imagem, escolhia-os com muito cuidado. Pertenciam-lhe. Todos peças únicas. Fortes e frágeis em simultâneo. Frios, retilíneos. Limpos. Todos funcionavam. Tudo o que era dele funcionava. Ele nunca perdia nada. Eram objetos para toda a vida. Fiéis, cuidados, impecáveis. Eu admirava aquela ordem.

18

Abri a caixa dos álbuns das fotografias e dispus algumas delas em cima de uma mesa. Queria captar bocados da minha infância que não viessem da memória, mas sim de uma prova visual, fotográfica. Tentar perceber se, com esta espécie de visão aérea, conseguia recuperar um pouco de mim, lembrar-me, não de pormenores, mas de aspectos fundamentais, que por vezes só aparecem quando se veem as coisas de cima. Neste caso, as fotografias.

Lado a lado, convivem fotografias de várias alturas da minha infância e adolescência, sem linearidade, semelhantes aos saltos da minha memória que aqui registo.

Em quase todas as fotografias estou em movimento, a praticar algum desporto ou atividade. Eu era uma criança irrequieta. Gostava de andar descalça. O meu cabelo era pouco domesticável e volumoso e eu chorava com as tentativas dos adultos de se aproximarem de mim com pentes para me desembaraçarem as riças.

A partir dos meus cinco anos, a minha mãe já não conseguia enfiar-me vestidos e mocassins, nem pôr-me laços no cabelo, para seu desconsolo.

Eu gostava de me vestir com roupas largas, fazer surf, andar de skate e de patins, jogar à bola. Só aos treze anos é que comecei a ser vaidosa e a querer embelezar-me. Foi essa a idade do primeiro biquíni, um marco importante. Até então, repelia qualquer pulsão feminina.

As minhas amigas iam à nossa casa e pediam que a minha mãe as maquilhasse. Ela adorava isso, já que comigo não conseguia.

Uma vez, no entanto, pedi-lhe algo que agora, depois de tudo, vejo com uma intensidade diferente. Numa noite, depois do jantar, pedi-lhe que me maquilhasse. Vi nos olhos da minha mãe um entusiasmo que depressa desapareceu, quando percebeu que eu queria que ela me pintasse, com a sombra mais escura, uma mancha negra à volta do olho, como se tivesse levado um murro.

19

Com cinco anos, descobri um novo destino de férias com um pai recém-divorciado, atrapalhado, em busca de preencher o tempo e o espaço que lhe cabiam na matemática das separações. Fomos para um Algarve também divorciado do calor. O meu pai escolheu um sítio tão inóspito quanto aquela fase da vida.

Ocupava os dias com todo o tipo de brincadeiras, criava tradições e arranjava formas de eu conseguir gostar muito daquilo e de nos fazer esquecer que o desenho da família junta a dar as mãos com o sol a rir, por algum motivo, tinha acabado. E assim inventava novos dias. À noite, apontava para o céu, indicando-me as constelações, e eu, em esforço, tentava acompanhar com o olhar o seu dedo esticado para a infinitude da Via Láctea. "Vês ali aquela?" Eu mentia e dizia que sim, com pena de frustrar a alegria do entendimento estelar, que a minha miopia e a vastidão do universo tornavam impossível. Depois, no único restaurante das redondezas, vestindo casacos de lã em pleno agosto, o meu pai, a cambalear a seguir a uma aguardente de medronho, juntava duas cadeiras e eu adormecia nelas melhor do que em qualquer colchão, embalada pela sua conversa noite fora com os pescadores. Ele ouvia mais do que falava e, apesar do seu fascínio pelo mundo da pesca, raramente pescava. O meu pai acordava cedo no dia seguinte, para fazer castelos e túneis na areia, sob os comandos ditatoriais implacáveis que só uma criança de cinco anos sabe exercer. Íamos às grutas, aos cavalos e às bicicletas. Não é que não houvesse tristeza. Mas também havia o mar, as estrelas e as histórias.

Voltamos ao mesmo lugar, desde então, ao sítio onde nos habituámos a amenizar a sensação de não nos vermos o suficiente. As praias agora têm mais gente e há mais restaurantes, mas o meu pai continua a apontar para o céu.

20

Li recentemente uma passagem de um livro em que Elias Canetti falava sobre a sua infância. Conta que o último livro que o pai lhe ofereceu era sobre Napoleão. Nesse livro, Napoleão era demonizado e aparecia como um terrível tirano. Quando o seu pai morreu, era este o livro que Canetti estava a ler. Desde então, cultivou uma antipatia pela figura de Napoleão. A morte do pai ficou associada àquele livro e àquela personagem. "De todas as vítimas de Napoleão, a maior e a mais terrível foi para mim o meu pai."

Reconheço-me nesta associação entre o que lemos e o que nos acontece em determinados momentos da vida. Eu lia os livros do Harry Potter e confundia o Paulo com o Voldemort. Tinha sonhos em que misturava os dois, projetava a raiva de um no outro, e vice-versa. Parecia-me suspeito que o Voldemort fosse careca, tal como o Paulo. Toda a história infantil tem um vilão, e as crianças são especialistas em localizá-lo. O Paulo era o vilão da minha história.

Eu ficava até de madrugada a ler os livros do Harry Potter, e às vezes a leitura era interrompida por gritos. Nesse sobressalto, as duas coisas enredavam-se no meu imaginário: a história que lia e a voz furiosa que ouvia. Sentia-me parte da equipa do Harry Potter no combate ao Voldemort. A minha luta era feita naquelas páginas, numa recusa de aceitar a realidade. Por vezes, continuava com os olhos virados para o livro, mas não verdadeiramente a ler, apenas a percorrer as linhas, como se estas fossem tinta sem sentido. O meu corpo estava em modo de susto e a minha atenção, nas palavras ferozes lá fora. Esperava o regresso do silêncio para poder voltar a ler. Enquanto duravam os gritos, a minha atenção estava do lado de lá da parede.

Houve mais personagens que saltaram dos livros e entraram na minha vida. Ao ler o *Dom Quixote* durante uma viagem em família pelo norte de Espanha, lembro-me de confundir o que lia com o que via, de tal modo que as paisagens do livro se misturavam com as que percorríamos. Sempre que penso nessa viagem, embora saiba que a fiz com a minha família, tenho a sensação de que a fiz na companhia do Sancho Pança.

Pelos livros, percebi que havia histórias muito diferentes e algumas muito piores. Foram eles que me ajudaram no processo de tentar compreender o Paulo. E foram eles que me ajudaram a pensar: "É só mais uma história".

21

Uma vez, o Paulo mostrou-me uma fotografia sua antiga. Um homem de cabelo comprido e volumoso como uma juba, e uma barba imensa. A marca do tempo, o mesmo tempo que separa a semente da flor, separava aquele Paulo cabeludo e barbudo do Paulo que eu tinha à minha frente e cuja careca fazia tão parte de quem ele era, na minha conceção, que o estranhamento foi enorme. Aquele corpo já não era o mesmo da imagem, já tinha sofrido todas as metamorfoses possíveis. Talvez apenas os órgãos internos, invisíveis na fotografia, se mantivessem os mesmos, ainda que decerto mais desgastados. Nem do olhar se podia dizer que era o mesmo, como tantas vezes acontece. Aquele olhar mudou com o tempo, com as coisas que contemplou e que condenou.

22

A cada insulto que ouvia, a minha temperatura corporal subia. À medida que as ofensas aumentavam, eu ia negando para mim mesma. "A minha mãe não é uma puta, a minha mãe não é uma vaca gorda, a minha mãe não é uma cabra do caralho. A minha mãe não é uma ordinária de merda, a minha mãe não é nojenta." A minha mãe era a minha mãe.

E, no entanto, todas as noites, ela era essas coisas horríveis. Na boca dele, ela era isso. Para mim, nunca foi.

Às vezes, no início das injúrias, o Paulo ria-se, aproximava-se dela e começava a tremer com a adrenalina. Aquilo era, de alguma forma, viciante para ele.

À medida que ele falava e subia o tom de voz, eu repetia para mim, como um mantra, baixinho: "Não é, não é, não é". Não tapava os ouvidos. Ouvia e sentia um ódio intenso. Ouvia e pensava que talvez só matá-lo pudesse ser suficiente para atenuar a dor. Lembro-me de com sete anos pensar que queria matá-lo.

23

Quando era pequena, tinha ciúmes dos livros por ver os meus pais passarem tanto tempo a ler. Percebi cedo que ali estava um prazer secreto, um mundo vedado ao meu analfabetismo infantil, e que aquela era uma competição que jamais venceria. As minhas interrupções sucessivas eram recebidas com enfado e levantares de cabeça breves, para voltarem àquilo que era muito mais interessante do que qualquer coisa que eu pudesse dizer. Sentia-me um cão a rondar o dono para ir à rua ou a tentar chamar a atenção com algum truque, mas era recebida com a condescendência de quem tem na palma da mão um troféu muito mais interessante. Foi por isso que comecei a imitá-los, nos gestos, mesmo antes de saber ler. O livro enquanto objeto atraía-me.

A minha avó foi professora de português e francês e estudou letras. Tinha e estimulava uma relação académica com os livros. Sabia latim, era especialista em gramática e linguística. Sabia de onde vinham as palavras, e corrigia-nos. Sabia de cor frases de livros que se tornaram proverbiais para nós. Amava as palavras, tratava-as com carinho. Ajudava-nos a fazer os trabalhos de casa e estudava connosco. Emendava-nos a pontuação, ensinava-nos os tempos verbais e sacudia com as mãos delicadas as migalhas das torradas que íamos deixando nos cadernos. A sua caligrafia era desenhada, itálica, ordeira. Eu tentava copiá-la, imitar os F e os H maiúsculos, e penso muitas vezes que essa é a caligrafia que eu gostaria de ter.

A minha mãe também lia muito, mas apenas para se evadir. Alternava os clássicos com romances mais leves que lhe faziam companhia nas salas de espera dos consultórios médicos e na praia. Lia com prazer. Não tinha pudor em saltar linhas ou páginas se se enfastiava, nem mesmo em largar livros antes de chegar a meio. Não perdia tempo, precipitava-se sobre as histórias com excitação. Também não nutria o cuidado pelo livro enquanto objeto, que a minha avó fomentava. Os livros dela pareciam sobreviventes de guerra; acabavam enrugados, com páginas amareladas pelo café ou danificadas pela cinza dos cigarros, marcas de quem lhes imprimia vícios enquanto absorvia as virtudes. Dobrava os cantos das páginas para marcar onde ia, o que engrossava o livro como um acordeão, e, apesar de não ser o tipo de leitora que faz anotações, caso acontecesse, não se coibia de escrever a caneta.

Cresci a ver a minha mãe a levar livros para os banhos de imersão e o meu pai a carregar duas malas cheias de livros para umas férias de quinze dias.

Absorvi estas duas formas de relação com os livros: uma mais formal e uma mais erótica.

O Paulo não lia. Tinha alguns livros do Paul Auster e falava dele por vezes, mas em doze anos nunca o vi a ler.

24

A minha mãe era linda e maquilhava-se muito. Usava saltos altíssimos e saias de cabedal. Punha um batom vermelho que, por alguma razão, me incomodava. Lembro-me de ver as bochechas do Paulo com marcas de batom e de me contorcer.

    Ela experimentava toilettes atrás de toilettes, que se iam empilhando na cama, até se decidir por uma e sair apressada pelo corredor, com os sapatos a fazer barulho no chão de madeira. Tinha muitas reuniões, muitos amigos, muitos telefonemas. Tinha sucesso profissional. Gostava de cozinhar e mexia o refogado com o telemóvel entalado entre o ouvido e o ombro, a falar com uma amiga. Gostava de beber, de fumar, de conversar. Saía atrasada e voltava tarde. Era livre e bem-sucedida. Ele não suportava isso.

25

O Paulo trouxe-me coisas boas. Deu-me a conhecer as pessoas mais importantes da minha vida e um destino de verão encantado: São Pedro de Moel, a vila inserida no pinhal de Leiria, em cima do mar. Um sítio onde o cheiro dos pinheiros e o cheiro do mar disputam as vias olfactivas e onde os passeios estão cobertos de caruma. São Pedro passou ao lado dos atentados urbanísticos que arrasaram a maioria das vilas e aldeias portuguesas costeiras, principalmente as que funcionam como destinos turísticos de verão. Lá, as casas são preservadas, há muitas de estilo popular com uma traça comum, outras em madeira, de telhados em bico, rodeadas de pinheiros-bravos, quase um conto de fadas. Toda a vila parece imóvel, estagnada no tempo. O Paulo, que para mim também sempre foi um homem de outro tempo, principalmente no vestuário, encaixava ali na perfeição. Vejo-o distintamente, a descer a calçada que dá para a praia, com o seu chapéu e os óculos escuros, de toalha ao ombro, o jornal debaixo do braço. Combinava com a paisagem, e eu nunca consegui dissociar os dois.

São de lá algumas das memórias mais felizes da minha infância. E as mais felizes com o Paulo. A minha infância é essa estrada de São Pedro com nevoeiro, onde mal se distinguem os cumes dos pinheiros, mas de onde pode surgir, de súbito, uma recordação nítida, como as mãos do Paulo a guinar o volante nas curvas.

A minha infância é uma junção de fragmentos, momentos que duraram segundos mas que lembrarei para sempre, e outros que duraram eternidades mas que não consigo recordar. Férias inteiras em São Pedro que não sou capaz de resgatar e diferenciar, como se todas as férias fossem apenas uma só.

Dávamos passeios pelo pinhal. Ele construiu um baloiço em cima de um lago, uma corda onde nos agarrávamos e baloiçávamos como o Tarzan. Ele esculpia, de troncos que encontrávamos no caminho, cajados que eu empunhava triunfante durante o resto da caminhada. Apanhávamos camarinhas, frutos silvestres que pintalgavam os arbustos e que pareciam pérolas como as dos colares. Colhíamos e púnhamos as camarinhas dentro do seu chapéu. Depois da praia, bebíamos água da fonte da praça com as mãos em concha. Nessa mesma fonte, lavávamos os pés. Ele ensinou-me a importância de tirar bem a areia que se escondia entre os dedos.

Os pratos bem limpos, os espelhos bem limpos, os pés bem limpos. A vida parecia uma série de atos estéticos de higiene e de controlo. Mas, por vezes, essa obsessão pela limpeza era carinhosa, cuidadosa. E, quando ele me ensinava a tirar a areia dos pés, eu sentia que estava a aprender alguma coisa importante.

Íamos passear muitas vezes às dunas, dunas enormes de areia branca, que surgiam no meio do pinhal. Subíamos e descíamos a correr. Inevitavelmente, caíamos e acabávamos a rebolar até lá abaixo. Rebolar era para mim o auge da alegria.

No caminho para as dunas, ele desenterrava pedras que eu achava que eram preciosas. Era ali que uma antiga fábrica de vidro depositava os vidros inutilizados, semelhantes a cristais. Com a ajuda de um canivete, ele escavava e martelava o chão, e de lá extraía as pedras grandes e brilhantes que levava para casa e punha na sala como decoração. No Paulo, havia tanta capacidade de criar momentos fortes e belos como de destruir tudo. E eu nunca soube calibrar o ódio com as doses de gentileza que, nos intervalos, também vinham dele.

As netas do Paulo têm a minha idade. Tornámo-nos grandes amigas e eu via-as como irmãs. Formávamos um trio inseparável, em especial em São Pedro, onde atravessávamos juntas o verão. No pequeno quarto que nos cabia, na casa de portão vermelho que alugávamos, ele construiu-nos um treliche, um beliche de três níveis. Deitadas cada uma no seu, ficávamos a conversar madrugada fora.

Ele não ia muito à praia. Guardo algumas imagens, contudo. O Paulo a construir pirâmides perfeitas na areia, em vez de castelos. O Paulo a mergulhar nas ondas enormes e a ajudar-me com a sua mão firme. Mas passava a maior parte dos dias em casa. Tal como em Lisboa, sentava-se ao computador a jogar bridge. Tenho ideia de que ele ia à praia cedo, antes de todos. Quando chegávamos, diziam-nos que já lá tinha estado, antes, "o senhor do chapéu".

26

A praia era o nosso território: da minha mãe e meu. Fiz por lá muitas amigas. O contacto primordial com a liberdade deu-se naquele areal sem regras, onde os adultos se convertiam à horizontalidade, apenas interrompida por deambulações até ao bar. Num estado meio hipnótico, bronzeados e sorridentes, deixavam-nos ir. As regras, eternas inimigas da infância, ficavam em suspensão. Eu saía de um ambiente fechado e escuro para o mundo solar e feliz. O ar ali era livre. Passava os dias no mar. O meu cabelo constantemente molhado, a pingar. Separava uma mecha e punha-a na boca, estava sempre a chupar o meu cabelo salgado.

Encavalitávamo-nos nas ondas, fingíamos que éramos algas, jogávamos ao mar manda. O mar mandava e os pais não. O mar gélido ficava morno, morno só para nós. O corpo habituava-se. O meu corpo besuntado de protetor solar e de mar às ordens das ondas. Gostava de me posicionar no limite, na incerteza de levar com a espuma toda na cara ou de ainda ser capaz de furar e mergulhar no azul. Muitas vezes, era disparada pela força da espuma para a areia e deslizava por baixo das pernas brancas de velhas preocupadas com os pés à beira-mar plantados.

Mexíamo-nos muito depressa. Havia sempre alguém que fazia questão de mencionar alforrecas, o que era recebido pelos restantes com guinchinhos. Sob a ameaça hipotética desses seres viscosos, nadávamos até a segurança da areia.

Algumas crianças tinham de desempenhar uma árdua tarefa chamada digestão. Observavam-nos, enquanto nós, os selvagens, subíamos as ondas em barulhento esplendor e éramos enrolados pela espuma, uma e outra vez. Do alto das ondas, eu via as pobres criaturas rosadas, de chapéu, levando com claro sentido de missão aquele dever. Depois do demorado e invisível processo, juntavam-se a nós em júbilo. Tudo se celebrava. As amizades, a bandeira verde, os rolões.

No fim das férias, chorava. Era como se o resto do ano fosse uma longa digestão na espera daquele mergulho. Antes de voltar ao vazio do quotidiano, perguntava porque não era a vida sempre assim. "Se fosse sempre assim, não ias gostar tanto", diziam-me. Eu desconfiava. Ainda desconfio.

27

Às vezes, o Paulo vestia-se como um tenista, todo de branco: polo branco, calções brancos, meias brancas puxadas até meio das canelas e a toalha ao ombro. Calçava uns All Star também brancos que tinha há anos e que conseguia manter limpos, ao contrário dos meus pares de All Star. Estava sempre asseado e impecável. O homem mais limpo que já conheci.

Encontrei umas fotografias dele assim vestido, com o mar ao fundo, a sair da praia. Era elegante.

Apesar de se vestir como um tenista e de eu o ouvir dizer que jogara ténis em tempos, nunca o fez enquanto viveu connosco. Mas gostava de ver jogos de ténis na televisão. Sentava-se na ponta do sofá, punha o volume alto, mexia na posição da televisão, e ficava atento.

Eu achava-o muito parecido com a personagem do Robert De Niro no filme *Um sogro do pior*, que eu via vezes sem conta. A personalidade não andava longe, e a expressão facial era semelhante: as rugas vincadas perto da boca e o trejeito que ele fazia com os lábios, assim como o enrugar da testa. Contei à minha mãe, e ela concordou. Vimos o filme a rir muito e a reparar nas parecenças. Às vezes, gozávamos com ele, em segredo, e isso ajudava-nos a desdramatizar. Cometi o erro de lhe contar sobre esta parecença. Ele não achou graça. Não tinha muito sentido de humor. Um dia, tratei-o por Paulinho, a brincar, e ele detestou. Enraivecido, proibiu-me de voltar a fazê-lo. Levava-se muito a sério. Comecei a tratá-lo muitas vezes por Paulinho, para provocar.

Os seus momentos de humor eram raros e, por isso, imprevisíveis. Eram até inverosímeis. Por exemplo, ele tinha um pijama cor de laranja garrido, cheio de bonecos, creio que eram ursos, que adorava usar e que não podia destoar mais da sua personalidade.

Gostava de falar sobre comida e sobre a família. Orgulhava-se da sua linhagem e dos seus antepassados.

Era uma figura um pouco ensandecida, sempre de chapéu, com as calças impecavelmente engomadas, os sapatos engraxados e a careca luzidia. Penteava para trás os poucos cabelos que tinha, de forma a ficarem ligeiramente enrolados. Eram brilhantes, como se estivessem sempre acabados de lavar. Trazia a pasta imaculada numa mão e não carregava mais nada. Ali cabia sempre tudo.

Era cruel, mas carismático. Destacava-se de todas as outras pessoas. Amiúde pela negativa. Quando circulava, havia qualquer coisa na sua energia que fazia com que todos reparassem. Tinha a capacidade de ser o centro das atenções, mesmo estando apenas calado num canto ou a caminhar.

A sua gargalhada era a mais sonante, próxima talvez só do seu grito. Andava depressa, como se estivesse sempre furibundo. E estava. Guiava ainda mais depressa o seu Alfa Romeo. Era a sua marca de carros preferida, fazia questão de dizê-lo. Quando a minha mãe teve de trocar de carro na empresa, ele convenceu-a a comprar também um Alfa Romeo. Cada um tinha um Alfa Romeo.

Eu detestava andar de carro com ele. Percebi cedo que o carro, como tanta gente diz, é um instrumento de poder. Quando se enfurecia em viagens, acelerava e fazia as curvas de forma brusca, em guinadas violentas. O meu coração batia e eu pedia-lhe que abrandasse. O carro funcionava como a extensão do seu sistema nervoso.

A sua raça de cão preferida era o fox terrier. Nunca tivemos um cão, mas ele falava desta raça muitas vezes. Em São Pedro de Moel, passávamos à porta de uma casa que tinha um fox terrier que se empoleirava no portão a ladrar freneticamente a quem passasse. Ele dizia sempre que era o melhor cão de guarda. Como eu sonhava em ter um cão, partilhávamos esta fantasia.

A sua marca de telemóveis preferida era Sony Ericsson. O seu telemóvel era um Sony Ericsson cinzento, que tocava muito alto, mais alto do que todos os outros, como se o toque estivesse em sintonia com o volume da sua voz.

Bebia vinho tinto e ficava com os dentes roxos. Reclamava muito da minha alimentação, dizia que eu tinha um paladar infantil, o que era verdade então, tendo em conta que eu era uma criança, e continua a ser verdade agora. Continuo a gostar dos sabores fáceis, e os meus pratos preferidos mantêm-se os mesmos desde a infância.

Ele repreendia-me por eu sujar o guardanapo quando limpava a boca. Lembro-me de me irritar, de lhe dizer que era para isso que servia um guardanapo, mas ele insistia que quem tinha boas maneiras não sujava o guardanapo. Havia uma colisão constante entre nós.

Enervava-se se o jantar não lhe agradava. Comida de crianças incomodava-o. As crianças, no geral, incomodavam-no. Para ele, era fundamental a distinção entre crianças e adultos, e as crianças não deveriam, em momento algum, falar à mesa. A mesa era território de adultos e dos seus assuntos. Eu ouvia os seus assuntos, que eram sempre aborrecidos, e, se fazia alguma pergunta, ele mandava-me calar, porque eu era criança e não podia abrir a boca. Às vezes, justificava-se com histórias dos tempos em que ele era criança, contava-me que lhe punham uma vassoura nas costas, segura pelos braços, para que mantivesse as costas direitas a comer. Tentou que eu colocasse a vassoura para endireitar as costas, sem sucesso. Lembro-me da raiva que sentia nesses momentos e de engendrar vinganças imaginárias contra ele.

Um dia, levei a cabo uma dessas vinganças. Fiz um cartaz onde escrevi "Paulo Rua", a imitar os *graffiti* que via dos políticos da época. Exerci o direito à manifestação na minha casa e colei o cartaz na parede do corredor. Ao contrário do que pensei, ele não se enfureceu. Gostou, até. Guardou o cartaz e afixou-o no escritório.

Era capaz de afeto e de cuidado. Quando estava bem-disposto, cumprimentava-me com um "Ora viva!". Tratava-me por miúda. Disse-me algumas vezes que gostava de mim, e eu sabia que era verdade, apesar de tudo.

Fazia-me carrinhos com os pacotes de Nesquik, apertava-me os atacadores com força e, quando me levava à escola, eu chegava mais cedo do que todos os outros.

Fazíamos sessões fotográficas. Ele conseguia fazer montagens. Na mesma fotografia, eu aparecia várias vezes. Tenho fotografias, tiradas por ele, a jogar à bola comigo própria, enquanto durmo no sofá e estou sentada numa cadeira na outra ponta a ler, a fazer o pino etc. Sete vezes eu. A multiplicação da minha identidade. Era estranho, isto, como se ele me ajudasse a multiplicar-me, mas, ao mesmo tempo, me fosse partindo em vários fragmentos, para que eu não tivesse um centro. A uma imagem múltipla sucediam-se os estilhaços de mim mesma. Ele fazia muitas vezes estas montagens fotográficas e chamava-me sempre para modelo. Parecia querer mostrar-me como era habilidoso na técnica e, ao mesmo tempo, talvez inconscientemente, demonstrar daquela maneira que gostava de mim e que me dava atenção.

Elogiava-me a inteligência e dizia que eu teria um grande futuro. Levava-me com ele às lavagens automáticas dos carros. Eu adorava ver as escovas coloridas espalmadas contra os vidros, a enchê-los de espuma. Levava-me ao IKEA, onde me deixava pôr-me em cima do carrinho e me empurrava a alta velocidade pelos corredores do armazém. Gostava de falar do meu futuro e de dar sugestões.

Dizia muito mal de Portugal. Tinha vivido vários anos em Nova York e outros tantos em Inglaterra, e todos os dias fazia comparações, lamentando-se da incompetência dos portugueses ou da sua genérica inaptidão para a vida.

Preocupava-se com o meu futuro académico. Queria que eu fosse para Inglaterra ou para os Estados Unidos, caso contrário, poderia ter o futuro arruinado. Ficar em Portugal era sinónimo de ruína e de miséria profissional. Quando, anos mais tarde, descobriu que fui para o Brasil, ficou desolado.

Depois da separação dele e da minha mãe, trocámos alguns e-mails. São os únicos registos de comunicação direta que tenho com ele. O resto é memória. Estas mensagens eram rápidas e fortes. Ele preocupava-se, mas quase dava ordens. Era assertivo, parecia querer tudo no seu sítio, não apenas na mesa, entre talheres, copos, pratos e guardanapos, mas também na minha vida. Como se eu fosse um objeto pelo qual ele tinha afeto, mas que queria colocar no lugar certo da mesa, um lugar certo que só ele podia saber. Era assim que eu me sentia quando recebia estes e-mails dele.

Eu acho que não leva nada disto a sério e ainda acaba a dar aulas em Freixo de Espada à Cinta... O mundo sempre foi muito competitivo. Amores e outras merdas nesta altura dão cabo de possíveis boas perspetivas.

Beijinhos

28

A sua testa era grande, ou talvez parecesse maior porque ele era careca, e tinha várias rugas horizontais que lembravam cordas de guitarra e se acentuavam quando ele elevava as sobrancelhas. Era capaz de levantar apenas uma das sobrancelhas e de deixar a outra em baixo, o que me divertia. Pedia-lhe muitas vezes que fizesse essa careta.

O seu abraço era forte e compacto, e acabava sempre com as habituais palmadinhas nas costas. Um abraço confiante, que terminava com um gesto de aparente timidez, o que indicava que ele não era tão seguro quanto queria demonstrar. No final do abraço, fazia uma espécie de rugido, que era a sua forma de demonstrar carinho.

Quando estava feliz, corava e sorria só com os olhos. Os olhos ficavam pequeninos e brilhantes, e a boca encolhida num beicinho.

29

Vivíamos no meio das esculturas do Paulo. No hall de entrada havia uma escultura sua chamada *Trono*, feita de madeira, que sempre me transmitiu a estranha impressão de que entrar em casa era entrar no seu reino. De certa forma, era isso mesmo. Ele era o rei daquele território doméstico, um rei impiedoso.

    Houve uma fase em que o seu material de eleição era o inox. Na sala havia um sofá de dois lugares feito em inox, com três almofadas do mesmo material. Era um sofá onde ninguém se sentava. No chão da cozinha estavam três fios metálicos, grossos, também de inox, que lembravam cobras. Pela casa também estava exposta uma pirâmide metálica, uma espiral e pequenas pedrinhas de inox penduradas do teto em fios de nylon, como se flutuassem. Na casa, havia instalações suas por todo o lado. Era estranho, mas não mais estranho do que o próprio Paulo.

30

Eu queria muito ter um cão, e a minha mãe não queria. Percebendo que não ia longe com as minhas insistências, um dia, pedi-lhe um coelho e ela aceitou. Fomos buscar uma coelha branca, albina, de olhos vermelhos. Com sete anos, fui eu que lhe dei o nome: Fofinha. O Paulo detestava a Fofinha e a sua gaiola, entrava na cozinha irritado, a dizer que cheirava a merda de coelho.

Às vezes, ele pegava-lhe pelas orelhas e levantava-a à minha frente. Eu começava a gritar, a pedir que parasse. Ele dizia que era assim que se devia pegar nos coelhos, mas eu via que não era verdade. A Fofinha abanava as patas muito depressa e os olhos ficavam esticados, em sofrimento. O Paulo parecia não se importar, e até tirava alguma espécie de contentamento diante do meu desespero. Depois, punha-a ao colo e dava-lhe festinhas.

A Fofinha tremia muito, e um dia tornou-se má e começou a morder. Eu achava que a culpa era minha. Fiquei muito triste por ter uma coelha má. Mordeu-me algumas vezes. Era má, e um dia levaram-na embora. Não sei se para ser adotada ou morta.

31

Eu não gostava de me referir ao Paulo como "o namorado da minha mãe", porque sentia sempre que estava a falar de dois adolescentes. A minha mãe devia sentir o mesmo, porque, às vezes, com pessoas de fora, dizia "o meu marido", o que eu odiava e corrigia de forma irritante: "Não é marido".

Tratá-lo por "o meu padrasto" também me incomodava, porque não queria assumir nenhuma ligação direta com ele, muito menos uma ligação onde existisse uma palavra ligada à posse. E por isso acabava por dizer apenas "o Paulo", mesmo que as pessoas não fizessem ideia de quem fosse. Eu tentava que chegassem lá pelo contexto. Quando levava alguma amiga pela primeira vez a minha casa, eu dizia, quando por ali passávamos, "aqui é o escritório do Paulo", sem elaborar mais, como se se tratasse de um inquilino desagradável ou de um irmão com quem não tinha qualquer relação.

32

O Paulo tinha as mãos enormes e fortes. Ajudava-me com os trabalhos manuais e achava que eu tinha jeito para desenho. Quando acabava um, ia mostrar-lho, orgulhosa. O melhor que já fiz até hoje foi da sua cara, sempre lhe tirei bem a pinta.

Ele era metódico, desenhava, pintava, esculpia e conseguia fazer tudo sem criar aquilo a que chamava o chavascal. O chavascal era onde dizia que eu me movia, e por isso cresci nos antípodas dos seus padrões.

Os quadros dele de que mais me recordo são dois que ficavam um por cima do outro, na parede da sala, e que representavam um cão de caça com um pato branco na boca. A imagem do pato de pernas para o ar, com a asa torta, afligia-me. Ao mesmo tempo, admirava aquela técnica de desenho realista. As duas pinturas eram praticamente iguais — mudava o ângulo do focinho do cão e o seu olhar. Na de cima, o cão parecia confiante; na de baixo, viam-se olhos assustados. O pato estava morto nas duas.

Uma vez, ele fez uma exposição na Gulbenkian e uma das obras que exibiu era uma espécie de espelho gigante. Um objeto de vinte e um metros de comprimento, em inox, suspenso na sala, que ocupava na totalidade, e que refletia quem o fosse ver. A obra era terminada quando as pessoas viam o seu reflexo no espelho, explicou o Paulo.

Mas não se tratava de uma obra inerte. A superfície era ativada momentaneamente e provocava uma onda que a atravessava, distorcendo as imagens refletidas e produzindo o ruído característico de uma superfície metálica em vibração. A duração da vibração e da onda provocada era curta, e a superfície voltava ao estado de repouso, antes de tornar a ser excitada após segundos, e assim sucessivamente, alternando períodos de repouso com períodos de ativação. Os ciclos de ativação e de repouso poderiam ser alterados pelos visitantes, ao acionarem voluntária ou involuntariamente sensores colocados na sala. Esta é a descrição da obra.

Ao lê-la, apercebo-me de que poderia ser uma descrição do Paulo. Uma superfície que fica calma em alguns momentos, mas que, ativando certos sensores, voluntária ou involuntariamente, se agita e produz sons ruidosos. E que, depois do estrondo, regressa ao estado de repouso.

Na época, lembro-me de pensar: "O que será que ele vê, à frente do espelho?". Sabia que ele sofria. Às vezes, sentia por ele uma condescendência quase maternal e alguma impaciência, por perceber que não conseguia controlar-se. Aquela incapacidade era motivo de grande curiosidade da minha parte. Não percebia como era possível que o seu corpo saísse tão totalmente do controlo. Durante os surtos, o Paulo transfigurava-se, perdia o domínio sobre si próprio, as veias salientes emergiam da testa, o rosto ficava vermelho, acumulava-se saliva nos cantos da boca. Não era um quadro muito diferente do de um bebé numa birra desgovernada — esta imagem, aliás, fazia parte da relativização que talvez me aproximasse da minha mãe e que seria tão importante para afastar o medo. No entanto, se o comportamento dele tinha contornos infantis, a sua voz imponente e a sua corpulência decerto não o eram, e deixavam-me instantaneamente alerta.

O tom de voz elevava-se até ao limite e, como se não fosse possível transmitir toda a raiva acumulada apenas com a tensão corporal, ele usava vários objetos, incluindo os seus próprios quadros.

Uma noite, chegou a lançá-los da janela para a rua, num acesso de cólera. Abriu as portas da varanda e foi atirando um a um os quadros abstratos, pendurados em fila na parede, até aterrarem com estrondo no passeio. A cena foi impetuosa, mas os quadros foram arremessados pela ordem em que estavam dispostos na parede.

33

Não havia nada pior para o Paulo do que ser motivo de chacota. Uma vez, deu um pum ruidoso no carro, involuntariamente. Ficou em silêncio logo a seguir, com o seu ar circunspecto e solene. Eu e a minha mãe não aguentámos e tivemos um ataque de riso. Ele continuou a guiar, furibundo, de olhos postos na estrada, sem saber como reagir.

Lembro-me de uma frase de Margaret Atwood: "Os homens têm medo de que as mulheres se riam deles. As mulheres têm medo de que os homens as matem".

34

O Paulo ajudava-me a catar as lêndeas. O cheiro forte do champô dos piolhos intoxicava-me. Ele tinha paciência para aquela tarefa e, parecia-me, sentia alguma satisfação. Passava-me o pente-fino no cabelo húmido e gorduroso. Depois, punha as lêndeas e os piolhos que catava numa pequena taça com água e álcool. Observávamos em silêncio os bichos minúsculos a flutuar na água. Unia-nos uma espécie de sadismo, porque havia regozijo em vê-los morrer. Cada novo piolho a boiar era uma conquista.

35

Gostava de vê-lo a desenhar. Ficava ao lado dele, em silêncio, para não perturbar a sua concentração. Às vezes, ele desenhava de pé, debruçado sobre a mesa da sala; outras vezes, sentado no escritório.

O seu traço era preciso e a sua caligrafia, retilínea. Escrevia sempre a caneta de tinta permanente e desenhava com lápis perfeitamente afiados ou com uma lapiseira que tirava do bolso da camisa ou do seu estojo de pele escura. Sempre me impressionou o rigor do traço e a capacidade que tinha para desenhar elementos uns sobre os outros. O material de desenho dele fascinava-me e, às vezes, não resistia a deitar a mão ao copo das canetas ou dos lápis. Se ele estivesse por perto, dava-me um piparote.

O seu afia-lápis estava preso na secretária e tinha uma manivela. Eu levava-lhe os meus lápis de cor e esperava que ele os afiasse, um por um, até ficarem pontiagudos. As aparas saíam inteiras. Assim como quando ele afiava um lápis as aparas não se partiam, quando descascava uma maçã, a casca também não se rompia, permanecia intacta, de maneira que fosse possível reconstruir o formato da maçã por fora só com a casca. Eu nunca fui capaz de afiar um lápis daquela forma, nem de descascar assim uma maçã.

Lembro-me de um dia ele chegar a casa com um rolo de papel enorme, do tamanho de um tapete, debaixo do braço. Era um rolo de papel de cenário. O Paulo cortou uma parte e colou-a na parede do meu quarto. Desenhou um céu, um chão com relva e alguns animais. Eu ia desenhando por cima.

Quando a folha ficava toda rabiscada, batia à porta do seu escritório e pedia outra. De tempos a tempos, com a ajuda dele, eu mudava o cenário do meu quarto. As mudanças da parede acompanhavam, por vezes, mudanças minhas. Sentia-me a crescer, o meu corpo ia mudando, assim como a forma como pensava, como me ia relacionando com o mundo.

Fora do meu quarto, o cenário continuava sempre igual. Um cenário de gritos, discussões, agressividade, violência e pedidos de desculpa, amuos, esquecimento e recomeço.

36

Não se põem os cotovelos na mesa. Eu detestava as regras da boa educação. Especialmente vindas dele, porque não me pareciam fazer sentido. Achava que a maneira como ele se comportava não revelava qualquer tipo de boa educação.

Uma das regras principais era: não se põem os cotovelos na mesa. Exceto os adultos. Exceto ele. Lembro-me de vê-lo com os cotovelos na mesa logo depois de me ter repreendido e de o questionar nessa altura. Ele explicou-me que os adultos podiam fazê-lo, porque o faziam com elegância.

Eu coloquei os cotovelos na mesa mesmo assim, não me lembro se por distração ou provocação. Ele aproximou-se de mim por trás, levantou-me o braço e bateu com o meu cotovelo na mesa. Senti o ardor e o formigueiro de quando se bate com o cotovelo, e logo uma dor horrível. O braço ficou partido. Passei um mês com a sensação de formigueiro no braço.

No hospital, puseram-me um gesso cor-de-rosa choque, e alguns colegas da escola assinaram-no. Eu andava feliz com o meu braço ao peito e com os gestos atenciosos das pessoas à minha volta. Levavam-me a mochila, passava à frente nas filas, e podia não ir à aula de educação física.

Não podia dizer publicamente como tinha acontecido, mas acabei por contar a algumas pessoas. A situação emocional inverteu-se e, estranhamente, quase fiquei com pena dele. Não contar a verdade parecia também uma maneira de o proteger.

O Paulo ficou transtornado. Claramente, não tinha intenção de me partir o braço.

Nos dias seguintes, evitou-me, afastou-se e ficou mais recolhido, a ponto de ter sido eu a aproximar-me, como se fosse meu dever consolá-lo.

37

A Luísa era a empregada que trabalhava em casa dos meus pais quando eles estavam juntos. Dizia de forma orgulhosa e afetada que era viúva. Vestia-se de preto. A sua vaidade por carregar um morto como um emblema fazia-me acreditar que ser viúva era o mais alto estatuto a que se podia chegar. A Luísa viveu em função da morte do marido. A morte punha em funcionamento a sua vida. Ela começou a usar um novo estatuto, um novo estado civil, uma nova roupa.

Eu passava os dias com a Luísa e entre nós firmou-se uma grande cumplicidade. Ela embalou-me muito ao colo, aqueceu-me os biberões, fez-me papas e prendeu-me na anca enquanto mexia a sopa e cantava o bailarico saloio. "É o bailarico saloio, não tem nada que saber, não tem nada que saber. É andar com um pé no ar, outro no chão a bater, outro no chão a bater", trauteava, de mãos ao alto. Estalava os dedos e fazia um sapatear ritmado e giratório, que eu acompanhava com grande alegria. Foi a Luísa que ouviu a minha primeira palavra. Na sua companhia, eu sentia-me protegida. Ela levava-me de mão dada às compras, à mercearia, ensinava-me a escolher a fruta: os pêssegos, as tangerinas e os peros. Só com ela eu comia peros, que em nada diferiam das maçãs, mas que, apenas pela diferença de nome que ela lhes dava, tinham um sabor completamente diferente. Ela descascava-os com ternura, as mãos ásperas molhadas debaixo da torneira a correr, a faca brilhante rentinha à casca. Por algum motivo, o sabor de um pero era muito melhor do que o sabor de qualquer maçã.

A Luísa tinha um filho, o João Pedro, um miúdo de bochechas coradas e o cabelo cheio de gel, com risco ao meio, que nunca conheci senão pela fotografia tipo passe que ela trazia na carteira, debaixo da fotografia do Jorge Humberto, o seu falecido marido, fardado e com uma boina. Eu ouvia-a falar o dia inteiro, e o Humberto era assíduo nas conversas. Por vezes, se o assunto era engraçado ou chocante, ela olhava para o céu e falava-lhe diretamente: "Estás a ouvir isto, Humberto?".

Outras, dizia-me: "Gosto tanto de ti como do João Pedro". E eu respondia: "E eu gosto tanto da Luísa como da minha avó", porque me parecia uma blasfémia elevá-la ao patamar dos meus pais. Mas no fundo era mesmo isso que eu queria dizer.

Para ela, eu era muito bonita. Não era costume receber elogios sobre o meu aspecto físico, mas ela compensava essa carência. Lembro-me de um dia me dizer, com ar sério: "Tens as sobrancelhas iguais às de Nossa Senhora. É tal e qual". Senti-me vaidosa por partilhar qualquer coisa com a mãe de Cristo.

Ensinou-me a dobrar as cuecas com os lacinhos para a frente, a rezar o pai-nosso e a compor o meu enxoval, com peças que ela mesma bordava e me oferecia, comovida.

A Luísa deixou de trabalhar com a minha mãe quando os meus pais se separaram. Ficou apenas em casa do meu pai. Detestava o Paulo, associava-o ao facto de já não estarmos sempre juntas. Partilhava comigo a tristeza por aquela mudança. Eu desabafava com ela, fazia queixinhas do Paulo. Não lhe contava pormenores, mas deixava claro que ele não nos tratava bem. Ela abanava a cabeça em reprovação.

Quando o viu pela primeira vez, disse-me que não gostou nada dele, mas foi obrigada a admitir que era um homem bem-posto e que tinha as calças muito bem engomadas.

38

Em certas alturas, era difícil adormecer, porque eu tinha medo de que o Paulo matasse a minha mãe. À noite, antes de dormir, eu pensava muitas vezes que ele ia matá-la. Estava sempre a pensar que um dia ia acordar sem mãe.

Quando estava longe, sempre que telefonava à minha mãe e ela não atendia, imaginava o pior.

A minha avó e a Luísa ensinaram-me a rezar. Rezava ao anjinho da guarda. *Meu anjinho da guarda, minha companhia, guarda a minha alma de noite e de dia.* Eu pedia que o anjo da guarda protegesse toda a gente de quem eu gostava. A minha mãe, o meu pai, as minhas avós, a Luísa, os meus primos, tios e amigos. Demorava muito tempo a percorrer a longa lista de todas as pessoas, com medo de que o meu esquecimento implicasse que alguém não ficasse protegido.

Nunca pedia ao anjinho da guarda que protegesse o Paulo.

39

Lembro-me da minha mãe de roupão à porta de casa, a falar com dois senhores fardados. Várias vezes ela chamava a polícia, e a polícia não fazia nada. Outras vezes, ia à esquadra fazer queixa, mas nunca houve qualquer consequência. Eu sentia que estávamos sozinhas.

40

Fui a psicólogas em criança, impelida pela minha mãe, que sentia que eu precisava de dissolver os traumas. Acontece que marcavam a psicóloga para a mesma hora a que passava o *Batatoon* na televisão, e eu, que até então estava calma, ao ser arrastada para uma sala com uma senhora de óculos a mostrar-me desenhos e figuras abstratas para lhe dizer o que via, sendo que o que eu queria verdadeiramente ver, o *Batatoon*, me estava vedado por aquele compromisso esquisito, ficava profundamente desgostosa e enfrentava a injustiça com as birras mais demoníacas que se possa imaginar. A psicóloga atribuía gravidade a essas birras, o que fez com que aquilo ainda durasse um tempo, até que todos desistiram, como se eu fosse um caso perdido, e pude voltar às minhas tardes pacatas a ver o *Batatoon*.

41

O Paulo gostava de ver os Jogos Olímpicos de Inverno, do filme *Gangs of New York* e de vinho tinto. Gostava de arroz de bacalhau, de pequenos-almoços à inglesa, com feijão e molho, e creio que de música clássica, embora só me lembre de ele ouvir música poucas vezes, nos primeiros anos. Pergunto-me de que outras coisas gostava. É muito mais fácil lembrar-me do que ele não gostava, porque fazia questão de dizê-lo a toda a hora. Verbalizava constantemente aquilo de que não gostava e o que estava errado nos outros e no mundo. Não gostava de viajar. Nunca viajei com ele. Em todos os anos que a minha mãe e ele estiveram juntos, só fizeram uma viagem, logo ao início, a Nova York. Uma cidade onde ele tinha vivido e que por isso dominava. É até difícil, inverosímil, imaginá-lo num avião ou noutro ambiente, porque praticamente todas as memórias que tenho dele são em casa.

Não gostava de sair. Não gostava que eu puxasse os vestidos para baixo, dizia que dava mau aspecto. Não gostava de ver falhas nos collants das mulheres, nem que operadores telefónicos o tratassem por tu. Não gostava da forma como os empregados dos restaurantes se dirigiam a ele ou da maneira como serviam o vinho. Não gostava de ir a eventos, e os poucos a que fomos juntos, por convite de familiares ou de conhecidos, acabavam com ele no carro, furioso, a dizer mal do que quer que tivéssemos visto. Lembro-me de ele sair de uma exposição de um conhecido, indignado porque aquilo não era verdadeira arte, e de se queixar do estado lastimável das artes plásticas em Portugal.

Não gostava que eu começasse as frases com "É assim", dizia que era o cúmulo da má educação. Apesar de ele próprio verbalizar todo o tipo de palavrões, nas suas mais variadas combinações, a pior coisa que eu podia dizer era "fogo", uma expressão medonha, segundo os seus critérios. Um dia, quis explicar-me de onde vinha a expressão "fogo". A minha mãe tentou apaziguar a conversa, mas ele continuava. Queria que eu soubesse a origem da palavra "fogo", "porra" e "bolas", enquanto a minha mãe lhe pedia que não continuasse.

Acho que o que ele mais gostava era de provocar. E tinha particular gozo em provocar-me. Adorava falar de sexo, usar a palavra "sexo" e puxar esse tema ao jantar. Eu ainda não sabia bem o que era sexo, mas sabia que o tema me deixava desconfortável e que tinha alguma coisa a ver com a obrigação de bater à porta antes de entrar no quarto deles. A minha mãe tentava mudar de assunto, mas ele insistia.

Dizia muitas vezes mal do meu pai e da minha família, ao jantar, e eu sentia a raiva a consumir-me entre cada garfada. Um ódio que me deixava quente por dentro. Esta minha incapacidade para esconder a irritação divertia-o.

Às vezes, quando eu me virava e ficava de perfil, ele comentava o meu nariz, sublinhava que estava a ficar cada vez mais parecido com o do meu pai. Lembro-me de um jantar em São Pedro com várias pessoas. Ele estava do outro lado da mesa e, quando eu me virava de lado, dizia a um familiar: "Estás a ver ali?". E ria muito alto.

Eu passava horas ao espelho a olhar para o meu nariz e a tentar pressionar o altinho para baixo.

42

Em quase todas as fotografias, até aos meus seis anos, a minha mãe e eu aparecemos abraçadas. A fotografia de que mais gostamos é uma em que estou de pé, de costas, na praia, a olhar para o mar. Só se vê a mão dela a segurar na minha. Pedia-lhe muitas vezes a mão, para adormecer. Antes de dormir, dizia: "Não quero a mãe, quero a mão". Há dezenas de fotografias das duas em grande cumplicidade. Ela a olhar para mim com um ar enternecido. Não sinto que tenha mudado este olhar dela nas fotografias que vejo a partir dessa idade. A minha mãe sempre manifestou amor e admiração por mim. E sempre foi a pessoa por quem tive o maior, mais entranhado, e também mais desesperado, amor.

O que mudou nas fotografias resulta da mudança da minha linguagem corporal. Temos muito menos fotografias juntas a partir dessa idade, e mesmo nessas eu apareço mais esquiva, afastada dela, ou com ar contrariado. Constato isto sem espanto, porque foi esta a atitude que adotei com a minha mãe, cada vez mais, à medida que fui crescendo. Agora sei que foi assim, mas na altura era apenas instintivo, inconsciente.

O meu corpo zangou-se com ela. A partir de certa altura, tinha dificuldade em abraçá-la e limpava com a mão os beijinhos que recebia na bochecha.

43

O medo estava todo dentro de casa. Não sentia medo nenhum do mundo. Nunca fui medrosa, tímida, assustadiça. Eu era tudo isto apenas dentro de casa.

Sempre que penso na minha infância, está presente o Paulo. Mas tive, ainda assim, uma infância em grande parte feliz. Sou capaz de reconstituir muitas memórias comoventes. Tive carinho, festas de anos animadas, viagens. Soube o que era o amor, o afeto. Por vezes, a minha mãe levava-me torradas e leite com chocolate à cama. Eu sabia que não se devia comer na cama. O Paulo detestava a ideia. Mas esse gesto de ternura deixava-me muito feliz. Eu já tinha idade para fazer as minhas próprias torradas, mas aquele pequeno gesto da minha mãe fazia-me sentir tranquila. Eu dizia-lhe que as torradas dela eram superiores a todas as outras, e ela percebia que não era só uma questão de sabor e que se tratava, acima de tudo, de receber o mimo dela.

A infelicidade era um segredo que eu não partilhava com ninguém. Para mim, aquilo que se passava era um enorme mal-entendido, um empecilho, um estorvo, uma mancha nas coisas bonitas do mundo. Era um erro a ser corrigido, um desvio. Acontecia na casa onde eu vivia e onde passava a maior parte do tempo, acontecia no cenário principal. No entanto, os outros cenários eram acolhedores. O meu pai tinha um sótão onde eu me balançava por horas numa cama de rede, e a minha avó tinha uma casa onde eu passava tardes a brincar com os meus primos. E havia os cinemas, as praias, os sítios onde eu era tão feliz quanto possível. As casas de férias no campo, as casas dos amigos, a escola. Sempre fui extrovertida e ávida por fazer amigos, por conhecer mais. Sempre fui feliz lá fora.

    Nunca senti que o Paulo tivesse o poder de me estragar a vida. Ele teve, é certo, a capacidade de orientá-la algumas vezes, de a condicionar, de lhe pôr barreiras. Mas talvez, precisamente por contraste, e por estranho que pareça, seja ele o responsável por eu sempre ter gostado tanto de viver.

44

O Paulo revelava uma obsessão com a estética geral de tudo e, em particular, com os corpos das pessoas. Se a minha mãe engordava, ele chamava a atenção para isso, quer de forma aparentemente inofensiva, quer nas discussões, sob a forma de injúrias.

Os corpos de atrizes de Hollywood, de cantoras ou de modelos eram um tema de conversa frequente, ao jantar. Comparava uns e outros, dizia quais eram mais bonitos, mais simétricos ou mais elegantes, segundo os seus critérios.

Para meu grande desconforto, ele também comentava os corpos das minhas amigas e o que estava, na sua perspetiva, desarmonioso em cada um deles. Conseguia discorrer horas sobre este assunto, assumindo a pose grave de quem está a falar de política internacional. As minhas amigas nunca se apercebiam disso, mas eu via, pelo canto do olho, quando ele se fixava numa delas, e parecia-me inaceitável.

Ele reparava em todos os pormenores. Conseguia passar um jantar inteiro a falar sobre um tornozelo, sobre uma desproporção entre o tronco e as pernas, ou sobre a quantidade excessiva de gordura acumulada na região lombar.

Parecia estar sempre alerta, a observar e a avaliar. O olhar dele julgava esteticamente a natureza, os quadros e as obras de arte dos outros, a disposição dos móveis numa sala, a forma como uma mesa estava posta e o equilíbrio ou desequilíbrio dos corpos. Além disso, ele acabava sempre a falar do que estava mau, do que estava torto, e parecia ter um certo prazer em destacar as falhas. Neste caso, o seu olhar era no limite do obsceno, incomodava, violentava.

45

O Paulo espatifou o Alfa Romeo na autoestrada. Guiava sempre tão depressa, que era previsível que um dia isso acontecesse. Passava a vida a gabar-se da rapidez com que chegava a São Pedro e dizia que nunca tinha conhecido ninguém que chegasse lá em setenta minutos, como ele. Foi parar ao hospital. O carro, à sucata. Guardou o volante como recordação, talvez na esperança de poder um dia reconstruir o carro. Ele adorava reparar coisas.

Restaurou mobílias antigas que pertenciam à minha avó. Pegava em móveis velhos, partidos e gastos, que estavam amontoados num armazém, e deixava-os a reluzir. Poliu uma mesa de jogo até ficar a brilhar e restaurou uma chaise longue que era dos meus pais, forrando-a a veludo preto.

Um dia, eu espetei-me de trotinete contra um muro e fiquei desolada porque a dianteira se partiu. Ele reparou a parte da frente da trotinete com uma fita-cola metálica e deixou-a ainda mais bonita do que antes.

Punha óleo na mesa de matraquilhos do café de São Pedro onde jogávamos, colava objetos partidos, às vezes por ele próprio na noite anterior, e consertava eletrodomésticos avariados. Colava com paciência zelosa a antena comprida do telefone fixo. Eu via-o muitas vezes a passar com a caixa de ferramentas e o escadote. Sabia reparar danos. Talvez fosse isso o que o Paulo mais gostava de fazer.

46

Num livro de Virginia Woolf com que me cruzei há pouco tempo, ela descreve o temperamento violento do seu pai e o que sentia por ele; diz que, até conseguir "escrevê-lo", ao pai, guardava sentimentos recalcados sobre os quais não era capaz de falar em voz alta.

A necessidade de "escrever" uma pessoa para, de alguma forma, nos apaziguarmos com ela ou dela nos libertarmos, é o que me tem movido para escrever sobre o papel do Paulo na minha vida. Transformando-o em personagem, alimento a crença de que ele passe a pertencer mais a estas páginas do que à minha vida. É uma tentativa de me salvar, não pela fuga, mas pelo encontro na escrita. Um encontro feito de palavras. Passei anos a evitar pensar nele, a fugir, e não resultou, pelo contrário. Talvez só desta forma eu consiga eliminar a sua presença, como se estivesse a limpar finalmente toda a areia que ficou colada entre os dedos dos pés.

Nesse livro, Virginia Woolf conta como se deparou pela primeira vez com o conceito de ambivalência, e quanto isso explicou o que sentia em relação ao seu pai.

A primeira vez que me deparei com a noção de ambivalência foi na faculdade. Estudávamos os epigramas de Catulo. A professora leu um dos mais conhecidos. Estaquei diante da simplicidade e ao perceber que se tratava de um sentimento tão antigo e comum. "Odeio e amo. Talvez queiras saber 'como'. Não sei. Só sei que sinto e crucifico-me." Voltei várias vezes a este epigrama. Nunca mais me abandonou.

No mesmo livro, Virginia Woolf fala de uma convenção, sustentada pelas grandes personalidades da época, de que os homens de génio seriam naturalmente descontrolados. Aparentemente, na juventude do pai dela, esta noção de génio estava no auge. Génio era aquele que se vestia de modo diferente, que era de difícil convivência e que tinha surtos de inspiração ou de descontrolo emocional.

Talvez o Paulo também acreditasse nisto. Não me parece difícil. Teve uma educação britânica e era obcecado pela cultura anglo-saxónica.

Em todo o caso, ele considerava-se genial. Fazia questão de ser diferente na forma de vestir e de agir, para condizer com uma distinção autopresumida. Talvez, por considerar que era um génio devido à irascibilidade, sentisse que podia assumir-se como um génio no sentido artístico. No entanto, não era o caso. O Paulo era um artista competente, mas não genial. Assim como o pai de Virginia Woolf, segundo a própria. O Paulo carregava, por isso, uma sensação de fracasso. Havia momentos em que essa sensação tomava conta por completo dos dias dele e a depressão chegava.

Estava convicto de que um dia seria diretor da Escola de Belas-Artes onde lecionava, e que, apenas por questões de inveja, não chegara ainda a esse posto. Acreditava que havia uma conspiração contra ele, devido precisamente à sua genialidade. Incutia as culpas dos seus insucessos nos outros professores, nas pessoas que o rodeavam, no governo e no país. Todos eram culpados, menos ele.

Fazia parte da convenção que, após tais explosões, o homem de génio se tornasse comoventemente arrependido; mas ele tomava como certo que a sua esposa aceitaria as suas desculpas, tomava como certo que, graças à sua genialidade, ele estava isento das leis do bom convívio.

O Paulo era assim mesmo: considerava-se isento das leis do bom convívio. Se, nos primeiros anos, se esforçava por se mostrar menos temperamental na presença de pessoas de fora, com o passar do tempo, começou a prescindir disso e não se coibia de fazer cenas à frente de quem quer que fosse. Levantava-se da mesa ao mínimo incómodo que sentia, arrastando a cadeira para trás e levando o copo de vinho. Ia para o escritório jogar bridge ou solitário, e deixava-nos a nós, e aos convidados, a lidar com o desconforto provocado pela cena.

Era constrangedor. A minha mãe, no entanto, tinha muita habilidade para mudar depressa de assunto e para não deixar o silêncio tomar posição central no jantar. Eu, aos poucos, também fui aprimorando esta técnica.

As causas que levavam a que ele abruptamente se levantasse foram sendo cada vez mais insignificantes. Houve fases em que se levantava da mesa, furioso ou apenas irritado, a meio de todas as refeições. Bastava uma pequena observação, alguém que o interrompesse, qualquer pequeno gesto que lhe desagradasse, e ele arrastava a cadeira para trás, limpava a boca com o guardanapo, atirava-o para a mesa, pegava no copo de vinho e ia para o escritório. Nós as duas continuávamos a jantar. À nossa frente, o prato dele cheio de comida.

47

Sempre que o Paulo fazia uma cena espalhafatosa em público e se ia embora, como nas férias, quando estávamos em grupo ou em jantares, nascia uma cumplicidade entre quem ficava. Dizia-se "Lá está ele", trocavam-se olhares e encolhiam-se os ombros. As pessoas mais próximas já estavam habituadas e pairava uma condescendência. As piadas que circulavam para aliviar o ambiente eram reconfortantes. Eu gostava de perceber e de sentir que para as outras pessoas aquilo também não era normal. Sentia-me amparada.

48

Havia um grande contraste entre o Paulo e o meu pai. Eu tinha duas referências masculinas opostas. O meu pai andava sempre amarrotado e desgrenhado; o Paulo, sempre imaculado. O meu pai fazia a barba e cortava-se, deixava o lavatório cheio de pelos. O Paulo usava um pincel de madeira que brilhava e fazia a barba com uma precisão cirúrgica.

O meu pai chegava sempre atrasado, o Paulo chegava sempre a horas. O meu pai conduzia mal e tinha um carro a cair aos bocados, cujo teto estava preso com pioneses. O Paulo orgulhava-se do seu carro imaculado, a cheirar a novo, brilhante. O meu pai tinha um certo orgulho no seu carro velho coberto por uma camada de poeira, o carro de quem se aventurou por estradas de terra.

O meu pai era uma força boa. Lembra-me um poema que li algures: "ele era tão forte que podia ser doce".

Os dois fumavam muito, mas de maneiras diferentes. O Paulo cruzava a perna e segurava no cigarro de forma elegante, só na ponta. O meu pai fumava de forma compulsiva, cigarros sem filtro.

O meu pai contava-me histórias, o Paulo nunca me contou nenhuma. O meu pai tinha uma grande barriga, o Paulo não tinha barriga.

49

Palavrões e fumo de cigarro. Eram as coisas mais vis do mundo. Incomodavam-me muito, em criança, porque diziam respeito aos adultos, ao seu mundo sombrio e incompreensível. Os palavrões e o fumo de cigarro eram sujos, desprezíveis.

A casa cheirava sempre a tabaco. Eu sabia distinguir a marca do cigarro pelo cheiro do fumo impregnado. No carro, tossia ruidosamente e fazia questão de manifestar o meu incómodo de forma teatral. Abria a janela de trás e punha a cabeça de fora. Fora era melhor.

Com os palavrões, a mesma coisa. Detestava-os. Tremia quando os ouvia, a meio da noite. Achava-os perigosos, escandalosos. No tom de voz do Paulo, parecia que tinham ainda mais potência. Quando estava sozinha com a minha mãe e ela dizia algum, normalmente no trânsito, repreendia-a, como se fosse mãe dela.

Tornei-me uma pequena fiscalizadora da minha mãe desde cedo. Policiava os palavrões. No que diz respeito ao tabaco e ao álcool, eu era uma puritana, tentava dissuadi-la desses comportamentos. Havia uma inversão. Preocupava-me excessivamente. Media, em silêncio, o que ela bebia e quanto fumava. Causava-me uma angústia desmedida. Às vezes, dizia-lhe, mas não era bem-sucedida. Consideravam-me impertinente.

50

O primeiro pénis que vi foi o do Paulo. Uma vez, ele mostrou-mo. A ideia era provocar. Não foi só a mim, às suas netas também. Estávamos na praia, em São Pedro, mas era inverno. Tínhamos ido lá passar o fim de semana. Ele trocava o fato de banho para vestir as calças e nós vimos sem querer o que não queríamos ter visto. Ficámos atrapalhadas e começámos aos risinhos e interjeições enojadas. Ele percebeu, voltou a descer o fecho das calças e começou a correr atrás de nós, a segurar na mão aquilo que nos parecia repugnante.

Guardo esta imagem como forte e repulsiva. Parecia um molusco peludo. Sentimos medo e nojo, mas também estávamos numa excitação, aos guinchinhos, a fugir. Ele corria atrás de nós, a rugir e a imitar um leão.

51

Um dia acordei, como de costume, com os gritos a meio da noite. Fui espreitar ao corredor. O Paulo passou por mim sem me ver, desvairado. Arrastava o colchão da cama de casal em grande esforço. Segui-o à distância, com curiosidade. Estava vermelho e atrapalhado porque, devido à dificuldade física de transportar o colchão, não conseguia reservar tanta energia para a discussão. Era impossível concentrar-se na discussão e no transporte do objeto em simultâneo. Eram dois exercícios de alta intensidade. Parecia arrependido de ter escolhido o colchão para descarregar a raiva, de não ter calculado antes o seu peso, mas o orgulho impedia-o de desistir. Eu não percebia bem qual era o objetivo dele. A raiva era dirigida à minha mãe e ao colchão, dividida entre os dois. Ele chegou à sala de jantar e arrastou a mesa para que o colchão pudesse passar, abriu as portas da varanda e começou a tentar virá-lo, de modo a caber lá fora. Arfava de exaustão. Experimentou pô-lo na vertical, na varanda, mas não cabia bem. A sua ideia era lançá-lo lá para baixo, para a rua. Mas não havia ângulo para fazer isso, e o aparato começava a causar-lhe frustração. Desistiu. Deixou ali o colchão e saiu de casa. A minha mãe dormiu no sofá.

52

A postura da minha mãe enervava-me. O perdão maternal, a complacência com o arrependimento que o Paulo demonstrava horas depois de um ataque, ao sentar-se ao seu lado no sofá e ao pôr-lhe o braço por cima, numa atitude conciliadora. Ela ainda lhe dava festinhas, numa absolvição benevolente, como se visse mais além, como se compreendesse tudo aquilo que era para mim incompreensível. Para o Paulo, o perdão estava garantido, jamais questionou isso, bastava-lhe aproximar-se, após as explosões, com a expressão compungida de uma criança abandonada, que tudo se resolvia sem mais. Eu odiava isso, sentia rancor, não compreendia que tudo se dissipasse tão depressa, como se houvesse uma amnésia que dissolvesse qualquer coisa dita ou feita, por pior que tivesse sido. Havia vezes em que eu sentia que a discussão tinha sido tão intensa, que certamente iriam separar-se. Mas no dia seguinte via-os de novo no sofá e ficava frustrada por perceber que tudo passava tão depressa. Cada um destes afetos era momentâneo, e por isso falso. Eu não sentia alívio nenhum, pelo contrário, sentia que estavam a varrer o lixo para um canto afastado, mas não a deitá-lo fora. E, acima de tudo, percebia, em desespero, que o fim da relação tinha sido de novo adiado.

Ver a minha mãe e o Paulo reconciliados sobre tantas camadas de violência despertava raiva em mim. Apesar dessa raiva, com o passar do tempo, fiquei parecida com a minha mãe na forma de lidar com ele.

53

O irmão do Paulo vivia no estrangeiro e não tinha casa em Portugal. Quando visitava Lisboa, ficava connosco durante longas temporadas. Eu adorava esses períodos, porque os ânimos acalmavam quando ele lá estava e porque ele brincava comigo. Os jantares eram divertidos, ele fazia-me rir. A sua voz era quase igual à do Paulo e os dois vestiam-se de forma muito parecida. Ao contrário do Paulo, ele não era careca, tinha caracóis. Lembro-me de que o achava muito bonito.

Os dois fazíamos uma espécie de dupla contra a violência a que assistíamos. Quando o Paulo se sobressaltava, ele piscava-me o olho para me tranquilizar. Falávamos mal do Paulo nas suas costas. Ele imitava-o, o que me fazia rir muito. Sentia-me menos sozinha. Com sete e oito anos, eu dizia que ele era o meu melhor amigo adulto.

Passávamos horas os dois a brincar. Ele fazia-me cócegas, pegava-me pelos braços e fazia-me girar, eu sentava-me ao seu colo.

Durante uns anos, deixou de vir passar tempo connosco, estava sempre no estrangeiro. Nesse período, a partir dos meus doze anos, falávamos a toda a hora pelo chat do MSN e por Skype. Escrevíamos em inglês, sempre, porque dessa forma eu podia praticar e porque era a língua em que ele se sentia mais à vontade.

Quando eu tinha treze anos, ele perguntou-me se eu já usava sutiã e disse-me que gostaria de ver. Pediu-me que ligasse a câmara. Esse pedido ia sendo cada vez mais frequente nas nossas conversas. Eu nunca o fiz, e fiquei apavorada, mesmo sem perceber o que se passava.

Ele tinha quase cinquenta anos, mas falava mal dos adultos. Dizia que os adultos eram uma seca e que era por isso que preferia conversar comigo. Falava de um dia me ir buscar à escola, quando voltasse a Portugal.

Contou-me sobre a primeira vez em que tinha ido para a cama com uma rapariga. Perguntou-me se eu já tinha perdido a virgindade e pediu-me que lhe contasse quando isso acontecesse, mas para eu nunca dizer à minha mãe e ao Paulo, porque eles eram adultos chatos. Um dia, disse-me que estava a ficar preocupado, porque, sempre que fazia sexo com a namorada, pensava em mim.

Eu tinha treze anos, ainda não sabia muitas coisas. Mas percebi que o meu aliado, afinal, não era nada disso.

54

Uma vez, cheguei a casa e cheirava a verniz. Entrei na sala e vi a minha mãe sentada no sofá e o Paulo agachado, no chão, a pintar-lhe as unhas dos pés com um pequeno pincel. Ele estava radiante. Usava o habitual cuidado que punha nos seus trabalhos. Estavam os dois muito felizes. A minha mãe sorriu e levantou as mãos para me mostrar as unhas, já pintadas de vermelho-vivo.

55

Por vezes, formavam-se pequenas alianças entre dois de nós. A minha mãe e eu juntávamo-nos com frequência, às escondidas, para nos queixarmos e dizermos mal do Paulo, como sindicalistas inconformadas.

Recordo-me de, por exemplo, num jantar, ter aspirado com a boca o fio de esparguete, como gostava de fazer, e de com isso ter salpicado molho de tomate para a camisa dele. Ele repreendeu-me o modo de comer e o barulho, mas, estranhamente, não reparou que a camisa tinha ficado suja. Passei o jantar a olhar para aquelas pequenas nódoas, com pressa para que a refeição acabasse e eu pudesse sair dali antes que ele percebesse. A minha mãe, que também estava de frente para o Paulo e para as nódoas, não disse nada. Senti-me agradecida por essa proteção muda mas fundamental.

Eu também fazia alianças com o Paulo. Estávamos alinhados sobre a circunstância de a minha mãe dormir muitas vezes até tarde. Ao fim de semana, ele e eu cruzávamo-nos, de manhã, na cozinha e, com a superioridade irracional das pessoas matinais, fazíamos juízos críticos em relação às horas a que a minha mãe acordava.

A dada altura, quando eu tinha dez anos, ele convenceu a minha mãe a comprar um carro com dois lugares. Era um descapotável desportivo verde-escuro. Na época, pensei que esta compra era totalmente desprovida de sentido. Na verdade, resultava de uma intenção evidente do Paulo. Era um carro que excluía sempre alguém. Na maioria das vezes, eu.

Quando os via a ir para algum lado nesse carro, sentia uma

angústia grande, como se tivesse ficado de fora por uma decisão daquele momento — e não por uma decisão prévia, a da compra do carro. A cada vez que isto se repetia, a dor repetia-se, mas ao mesmo tempo parecia nova.

Quando andava no carro com o Paulo, o que era raro, sentia euforia e medo. Euforia pela sensação da velocidade e por ser um carro descapotável. Medo, até pânico, quando ele acelerava, e ainda mais por nunca abrandar quando eu lhe pedia.

O que eu mais gostava era de andar nesse carro com a minha mãe. Púnhamos sempre o mesmo CD a tocar, Vinicius de Moraes com Toquinho, e íamos a cantar, felizes, numa cápsula só nossa. Eu adorava estar assim, só com ela, num lugar, tão desejado, onde o Paulo não cabia.

56

A maior parte das fotografias que tenho são na praia. O mar tornou-se personagem central na minha vida. Comecei a fazer surf com oito anos e encontrei no mar uma sensação de tempo parado que não sentia em mais nenhum sítio. A linguagem do surf, a concentração para decifrar o caminho e a direção de cada onda, a forma como esta se levantava e fechava fascinavam-me. Mas gostava, sobretudo, da adrenalina e do contraste entre a emoção e a calma que se seguia, enquanto esperava pelas ondas, sentada na prancha.

As almofadas do meu quarto de infância tinham o desenho de uma praia. Quando adormecia, encostava a cabeça ao mar.

Procurei nunca perder esta proximidade. Viver ao lado da praia foi um dos fatores que me levaram a escolher o Rio de Janeiro para estudar. E, recentemente, quando me separei, aconselharam-me a ficar perto da minha família, em Lisboa. Mas eu sentia que precisava do mar.

O meu mar sempre foi o mar com ondas. O mar da Costa Vicentina e de São Pedro de Moel. A minha mãe passou-me o desprezo pelos mares cálidos, cheios de gente a boiar, pelas bandeiras verdes, pelos mares que não puxam por nós. Temos o amor pelo mar em comum. Ela fica desiludida comigo se estamos na praia e eu não mergulho.

Quando uma de nós está na praia e falamos ao telefone, a primeira pergunta é: "Como é que ele está hoje?". Como se perguntássemos sobre alguém temperamental e imprevisível, como o Paulo.

57

Lembro-me da transição da infância para a adolescência. Sentia uma tensão nesses tempos em que queria continuar a ser criança no que ser criança tinha de bom: andar às cavalitas do meu pai, receber chocolates da minha avó. E sentia a enorme incompatibilidade desses afetos com os namoros e os rapazes.

    Tenho a distinta recordação de contemplar o meu roupeiro, devia ter quinze anos, e de me contorcer numa angústia inexplicável, de alguma forma relacionada com o meu primeiro namorado, com quem passava horas aos beijos peganhentos em bancos de jardim. De olhar para a minha roupa e de sentir que era abonecada, infantil, e de uma força eruptiva incontrolável, que vinha algures do meu esófago, desejar que não deixasse de o ser. De querer continuar a sujar-me na lama e ter a minha mãe a preparar-me leite com chocolate. E de sentir que, uma vez que me livrasse das camisolas do Mickey, não haveria retorno. Que o mundo da infância seria extinto. Quis trancar-me no quarto, não ir às aulas para não ter de me cruzar com o meu namorado ou com qualquer outro rapaz, e creio tê-lo feito, durante uns dias, alegando uma doença que o corpo não tardou a reivindicar. Passados uns tempos, fiquei, efetivamente, de cama, com a garganta inchada, coberta de bolinhas de pus. Depois de diagnósticos falhados e de duas caixas de antibiótico, foi-me diagnosticada mononucleose: conhecida como a doença do beijo, de acordo com os médicos.

    O Paulo achava graça a repetir que era a doença do beijo, e eu sentia muita vergonha. Vivia a fase da vergonha. Lembro-me de estar no hospital, cheia de febre, a urinar para o pequeno copo de plástico, de embrulhá-lo atabalhoadamente em papel e procurar tapá-lo com as mangas do casaco. Esperava pela minha vez, enquanto sentia o calor do frasco a passar pelo papel. Em poucos momentos me sinto tão frágil como quando seguro a minha urina num copinho, à espera de entregá-la a alguém. Vendo-me ali especada, a senhora pediu-me que colocasse a amostra em cima do balcão. Quando o fiz, ela não a removeu de imediato. Deixou-a ali estagnada, enquanto imprimia uma etiqueta. Aqueles segundos em que a minha amostra de urina ficou ostentada no balcão, permitindo que todos a contemplassem, como um cálice sagrado no altar, demoraram uma eternidade.

Cheia de vergonha, com as mãos quentes, suadas, o corpo febril, enrolada em mantas, fiz naquelas semanas o luto da minha infância.

Queria prolongar a infância. Era isso que procurava, e acho que ainda hoje, quando fico doente, em alguma medida, é isso que busco. A sensação de ternura das mãos da minha mãe a passarem no meu cabelo. Adormecer protegida no sofá ao lado do meu pai, com a luz baixa. A Luísa a insistir para eu tomar banho. Tudo isso tinha acabado e, por mais gradual que pudesse parecer a passagem, não deixava de trazer o choque de um fim.

58

Com o tempo, tornei-me cada vez mais contestatária. A minha resistência às ordens do Paulo não costumava acabar bem, mas, nos segundos em que conseguia responder-lhe e contrariá-lo, sentia-me cheia de coragem. Também encontrava prazer em irritá-lo, e percebi que corrigir-lhe o português tinha esse efeito. Ele dominava o inglês por ter vivido muito tempo em países de língua inglesa, mas dava bastantes erros de português.

Uma vez, incomodado com a forma como lhe pedi para me passar a água, instruiu-me acerca de como devia fazê-lo. Explicou-me que deveria sempre dizer: "Posso ter água, se faz favor?". Não perdi a oportunidade de lhe chamar a atenção para o facto de essa ser uma tradução demasiado literal do *"may I have"* inglês, e que em português não se usava o verbo "ter" em relação à água, naquele contexto. Ele ficou furioso com a minha dupla má educação.

O Paulo tentou várias vezes, ao longo dos anos, reverter a forma como eu o tratava. Gritava pelo corredor: "A partir de hoje, vai tratar-me sempre por tio Paulo e por você!". Nunca aconteceu. Até ao fim, ficou o tu.

59

Eu não falava sobre o que se passava lá em casa.

Por um lado, era demasiado doloroso para conseguir verbalizar. Na melhor das hipóteses, os comportamentos do Paulo geravam sínteses como: "É um homem difícil". Eu achava que, dizendo isto, toda a gente sabia de que se tratava. Mas não. Embora soubessem que ele era um homem com mau feitio, as pessoas não tinham noção de que era bem pior. Ninguém fazia grande coisa. Acho que o meu maior medo era eu contar exatamente o que se passava e depois tudo continuar igual. Uma parte de mim sempre sentiu que as pessoas preferiam não saber.

Havia também, estranhamente, um impulso de proteção. Como se a minha mãe e eu o conhecêssemos melhor do que todos os outros. Como se relatar o pior, sem contexto, pudesse ser injusto para ele.

60

Houve uma altura, perto do fim, em que foi o Paulo a sair de casa por uns tempos. Arrendou um apartamento na vizinhança. A relação deles avançava e recuava, uma coreografia instável que, a cada afastamento, me enchia de esperança. Às vezes, a minha mãe ia para a casa dele, e a nossa ficava vazia. Comecei a gostar disso, organizava grandes festas, convidava a escola inteira e preenchia o vazio com o sucesso das festas.

Nos períodos em que ficávamos as duas em casa, a minha mãe e eu convencíamo-nos de que não éramos capazes de tratar sozinhas de uma casa. Tínhamos a sensação de que nada funcionava, de que sem ele não funcionava. Vivíamos e alimentávamos esse equívoco a cada lâmpada fundida, que assim permanecia durante meses.

Um dia, chegámos a casa, vimos uma osga no corredor e fomos dormir para um hotel.

61

Depois destes afastamentos temporários, eu implorava à minha mãe para não ceder. Lembro-me de lhe pedir para me prometer que não voltariam a juntar-se e de ela o fazer. Mas ele regressava sempre. "Ele agora está diferente", dizia a minha mãe. Eu não acreditava. Quando voltava a instalar-se, o Paulo fazia de facto um esforço inicial por se mostrar diferente. Durava no máximo uma semana. Uma semana sem gritos à noite. Uma semana sem objetos arremessados, uma semana sem ouvir "larga-me!", uma semana sem ameaças. Depois, os gritos voltavam a perturbar o silêncio, voltavam a partir-se coisas, e eu confirmava o que sabia: que ele não tinha mudado. E que, a cada vez, voltava ainda pior.

62

Encontrava muitas vezes a minha mãe a chorar no sofá. Ela fungava, afastava as lágrimas, esfregava o rímel esborratado com as costas da mão, para tentar disfarçar, mas, quando eu me aproximava e ela me via, chorava ainda mais. Continuou sempre a chorar com o passar dos anos. Eu parei de chorar a certa altura. Assim como a minha mãe, também fico com a cara muito vermelha e inchada quando choro. Carregamos ambas o rasto do choro.

63

Sem querer, acontece-me com frequência estar a ler um livro, a ver um filme ou apenas a conversar com alguém e encontrar parecenças ou reminiscências do Paulo. Ainda hoje, ele é um elemento de comparação presente na minha vida. Há palavras que ouço e que têm o efeito de convocar a sua imagem de imediato: "bera", "pifou", "pechisbeque". Ou a expressão comum que também já usei com as minhas filhas: "Quando eu digo não, é não".

Há tempos, li um ensaio de Chesterton sobre a loucura. Ele defende que, ao contrário do que se pensa, a loucura não só não tem origem na falta de motivos, como a tem no excesso deles:

> É o homem feliz que faz coisas sem propósito; o homem perturbado não acha em si a força suficiente para se manter desocupado. [...] O louco geralmente vislumbra um excesso de motivos em tudo.

Assim era o Paulo. Não fazia nada que não tivesse um objetivo claro e imediato. Era calculista em cada movimento e não concebia ter um comportamento sem propósito. Quando se encolerizava, fugia do controlo que assumia a maior parte do tempo e agia aparentemente sem motivo, mas a verdade é que as suas explosões eram sempre por ele mais tarde justificadas. E justificadas até a exaustão, com excesso de minúcia. No momento da explosão, deixava claros os motivos que a originavam, embora o espalhafato não lhe permitisse ser tão claro quanto pretendia. Aproveitava cada oportunidade, mesmo depois, para esmiuçar e enumerar os motivos. Alguns eram do mais ínfimo que se possa imaginar. O contraste entre o motivo que originava o ataque e a intensidade do ataque era colossal. O gatilho podia ser um olhar que considerava mais irónico, uma palavra que o incomodava, um tom de voz, uma tosse que o acordava. Era um homem de detalhes. Chesterton fala dos loucos como tendo uma "horrorosa atenção ao detalhe".

Quando penso nos loucos como homens que deambulam sem sentido, afastados da razão e da lógica, não consigo associá-los ao Paulo. Ele vivia obcecado com a lógica. Enumerava as razões, normalmente separando-as por letras: "Isto porque: A…". Carregava com força no A, e discorria muito tempo sobre este tópico, não se esquecendo de passar depois para o B, e por aí fora. Tinha expressões muito próprias: "Como é evidente". "Isso é um disparate." "Não é essa a questão." Parece que ainda as ouço.

Era bastante aborrecido ouvi-lo.

Às vezes, ele imprimia contratos para a minha mãe assinar, listando comportamentos que ela deveria adotar.

Outras vezes, gravava conversas no seu gravador cinzento, para mais tarde reproduzi-las e confrontar a minha mãe com todas as contradições que tivesse encontrado.

De novo, Chesterton: "Se uma pessoa discutir com um louco, é extremamente provável que no final se ache derrotada". Era assim que nos sentíamos a maior parte do tempo — derrotadas, muitas vezes pelo cansaço. A minha mãe, sagaz e inteligente, contra-argumentava e conseguia achar falhas de lógica, mas muitas vezes cedia por compaixão ou por exaustão. Comigo, era diferente. Eu acabava por nunca ter razão, porque não poderia tê-la, tendo em conta a minha idade. Ele ganhava sempre.

"O louco é o indivíduo que perdeu tudo exceto a sua razão."

64

"Parece que estás sempre a fugir." Esta frase pertence ao meu léxico pessoal. Confirmei isto com uma terapeuta de análise bioenergética cujo hálito forte a café me deixava enjoada e impedia que me concentrasse nos exercícios propostos.

A minha mãe teve consultas com ela e voltou arrebatada e a garantir que ajudaram imenso. O método inovador de nome inglês da terapeuta em questão procurava conjugar o corpo com o sentimento. Pedia-me para bater em almofadas com um pau e para puxar uma corda que ela segurava com toda a força para que eu recuperasse o meu poder pessoal. A conclusão a que chegámos — ela insistia na importância de que se tratava de um trabalho conjunto — foi que eu estava fechada para o amor e que passava a vida a fugir.

Era verdade. Aprendi a fugir de casa muito cedo. Dormia várias vezes por semana em casa de amigas ou de namorados. Conheci a fuga e ambientei-me a ela de tal forma, que se tornou a minha casa. Fugia para sobreviver. Vivia de mochila às costas e, quanto mais tempo longe de casa estivesse, melhor. Admirava muito as famílias das pessoas da minha idade, com os seus irmãos, os horários certos para jantar, os sapatos à entrada, as conversas em voz baixa.

Só mais tarde viria a perceber quão comum era, afinal, o que eu vivia. Com o tempo, viria a perceber que todas as casas têm os seus problemas, e que eu não era a única que pensava em fugir.

65

O Paulo vivia em solidão.

Lembro-me de ele, em tempos, ter o costume de jogar bridge com um grupo de pessoas, mas isso deixou de acontecer. Não tinha amigos, exceto dois que moravam nos Estados Unidos, e um ou outro familiar. Não convivia com quase ninguém. Arranjou forma de se desavir com todas as pessoas próximas. Sobrávamos nós. Nós assistíamos à sua solidão.

A minha mãe trabalhava muito e eu passava a maior parte do tempo em casa com ele. Cada um na sua divisão, cada um no seu computador. Por vezes, no quarto, ouvia-lhe os passos a dirigirem-se à cozinha. Escutava-o a abrir o frigorífico, o som de um copo ou da máquina do café. Aguardava que os sons da cozinha silenciassem e que ele regressasse ao escritório. Então, ia eu à cozinha, muitas vezes tentando fazer o mínimo de barulho para evitar incomodá-lo, ou para evitar que ele se lembrasse de mim. Éramos dois silenciosos, um de cada lado. Cada um na sua solidão. Mas com as regras dele.

Eu tinha medo de adormecer na sala. A dado momento, por sua imposição, a sala tornou-se território exclusivo dos adultos. Eu não podia adormecer na sala, comer na sala, deixar qualquer vestígio da minha existência na sala. Caso adormecesse na sala, era acordada pelos seus gritos. Por isso, tornei-me obcecada pelo meu quarto. Criei uma pequena sala dentro do meu quarto, que funcionava como o meu Forte.

Ele adormecia muitas vezes no sofá da sala, de barriga para cima, com uma manta a tapá-lo, como um morto.

66

Havia sacralidade e medo à volta do sono do Paulo. Quando ele estava a dormir, eu sentia alívio. Um alívio parecido com aquele que uma mãe sente quando o bebé dorme e ela tem finalmente tempo para si. Movia-me com a mesma cautela exagerada, por saber que qualquer barulho poderia acordá-lo e pôr fim àquele momento de paz.

Ele tinha insónias e um sono facilmente perturbável. Acordava muitas vezes antes das seis da manhã. Algumas das cenas mais terríveis a que assisti resultaram de ele ter sido acordado por algum ruído. Umas vezes, pelo camião do lixo, outras, por um simples movimento da minha mãe na cama ou por uma tosse. O seu sono já tinha sido estragado, e por isso ele sentia-se no direito de nos acordar com gritos e estrondos. "Foda-se!"

Isto sempre me pareceu de uma injustiça inaceitável. O meu sono podia ser importunado a qualquer hora pelos seus acessos. O dele jamais deveria ser perturbado.

67

Nos dias em que ele dava aulas, sentia-me muito feliz. Ter a casa só para mim era uma bênção. Sentava-me na sala a ver televisão até ele chegar. Por vezes, num gesto de grande rebeldia, pegava num tabuleiro com comida e levava-o para a frente da televisão.

Quando ouvia os passos no átrio e a chave na fechadura, a sua maneira específica de abrir a porta, com intensidade, imediatamente sentia uma tensão, ia a correr para o quarto como um antílope assustado que ouve o predador. O som da chave era uma sirene de alarme na minha cabeça e os passos dele pareciam ao mesmo tempo os de um urso que vai atacar e os de um animal mais ágil que parece caminhar devagar, quase em silêncio, antes de saltar com ímpeto violento. Por vezes, ele perguntava alto se estava alguém em casa, ou, especificamente, se eu estava. Dizia o meu nome, e a voz dele parecia logo estar a acusar-me de um qualquer objeto desarrumado do seu lugar. Outras vezes, entrava em casa e não dizia nada, como se vivesse sozinho.

Eu, já no meu quarto, com a porta fechada, tentava manter-me em silêncio, mexer-me o mínimo possível, para não chamar a atenção sobre a minha existência. Quase a fingir-me morta ou ausente. Ficava assim uns minutos, e só depois começava a relaxar. Perceber a disposição com que ele chegava a casa, se irritado, se tranquilo, era muito importante para mim. E para a minha mãe, quando ela estava. Os primeiros minutos a seguir ao seu regresso eram decisivos. Eram minutos, até perceber isso, angustiantes. Que viria dali? Nunca se sabia.

Se eu, por acaso, tivesse deixado qualquer objeto na sala, a porta do meu quarto abria-se e era para lá atirado, sem discriminação, sem ter em conta se podia partir-se e estragar-se ou não. Fosse uma camisola ou uma máquina fotográfica, entrava a voar.

68

A dada altura, na adolescência, sem dar por isso, os gritos já não me magoavam tanto. Já faziam parte da música de fundo, e eu só queria estar longe daquele concerto. Já os escutava com indiferença e sobranceria. Alternava a raiva com o cinismo. Sorria de escárnio face a alguns ataques. Começava a responder sem medo, ou disfarçava-o, de forma insolente. Achava aquilo tudo um triste espetáculo, do qual me distanciava cada vez mais.

    E também já não me calava tanto. Fora de casa, começava a perder o medo de que descobrissem o que se passava lá dentro. Comecei aos poucos a contar. Às amigas, aos namorados, por vezes a desconhecidos.

69

Recordo-me dele em cima do escadote. Nunca conheci ninguém que passasse tanto tempo em cima de um escadote. Subia até ao último degrau e punha-se numa posição que exigia muito equilíbrio. Às vezes, apoiava-se apenas numa das pernas e a outra ficava esticada, como se ensaiasse um movimento de patinagem artística. Eu chegava à sala e lá estava ele, no topo do escadote, nas alturas, com uma concentração imperturbável.

Pendurava quadros ou esculturas, fios, reparava pedaços da parede ou do teto, trocava lâmpadas. Era a sua maneira de pôr ordem na vida.

Esta imagem dele, esguio e gracioso em cima do escadote, contrasta violentamente com a dele a pontapear o mesmo escadote, um dia, após um telefonema. Lembro-me do tom de voz a subir na chamada e de vê-lo a atirar o telefone fixo para o chão. Depois, acelerou pelo corredor até a cozinha, onde toda a sua fúria foi direta ao escadote, que caiu com estrondo e me sobressaltou. A curiosidade levou-me a ir espreitar. Dei com ele completamente desvairado, a pontapear o escadote sem parar, o que provocava um barulho ensurdecedor. Fugi para o quarto e fechei-me lá dentro, a desejar que aquela luta parasse.

70

Uma vez toquei a campainha e a minha mãe abriu-me a porta de óculos escuros. Era de noite. A primeira coisa que ela me disse foi "não te assustes". Eu assustei-me. As manchas roxas apareciam por baixo dos óculos, o lábio estava inchado e a cara deformada por causa dos hematomas. É uma das imagens mais marcantes da minha vida.

71

Os tempos que se seguiram à separação definitiva foram duros. Tive de empurrar a minha mãe para fora dali. Ela pegou nas poucas forças que lhe restavam naquele momento para conseguir sair. O Paulo continuou na casa. Não saiu de lá até ao fim.

A depressão tomou conta da vida da minha mãe, e a alienação, da minha. Foi uma espécie de ressaca de todos aqueles anos. Saltitámos de casa em casa, rodeadas de caixas de cartão por todo o lado. O fogão não funcionava, encomendávamos comida todos os dias e, apesar do alívio de nos termos visto livres do Paulo, sentíamo-nos desamparadas. A minha mãe passava o tempo todo na cama. Eu sentia-me mais perdida do que nunca.

Decidi estudar literatura na faculdade, e era feliz nas aulas, com o que aprendia, mas tinha medo do futuro. Continuava a fazer de tudo para não estar em casa e enchia os meus dias com programas e atividades.

Nessa altura, o Paulo mandou-me um e-mail:

Estou mesmo muito triste por a sua Mãe e a Madalena terem saído daqui e acho que foi um erro terrível! O futuro dirá se tenho razão ou não, muito embora a vida não pare. Novas coisas hão de vir aí.
 Beijinhos,
 Paulo

P.S.: aluguei uma casa ao ano em São Pedro.

72

O Paulo montava a árvore de Natal mais impecável que se possa imaginar. Colocava os enfeites milimetricamente, como se o resultado fosse uma das suas esculturas. Demorava horas, coordenava as cores das bolas e criava uma simetria perfeita de ornamentos e luzes. Podia ser a árvore de Natal de um hotel ou de uma loja. Fazia embrulhos perfeitos com laços magníficos e construía pequenas torres de presentes à volta da árvore.

As árvores de Natal que eu montava com a minha mãe ficavam sempre com um aspecto meio depenado. Por mais que nos esforçássemos, seria impossível atingir aquele nível de perfeição. As que faço agora, sozinha, também ficam bastante desarmoniosas, não encontro maneira de as luzes ficarem devidamente dispostas à volta da árvore.

No Natal seguinte à separação, o Paulo mandou-me mais um e-mail, a desejar Feliz Natal, com a fotografia de uma árvore de Natal pendurada no teto, virada ao contrário. Estava em cima da mesa de jantar, de pernas para o ar, como se fosse um candeeiro. O topo da árvore ficava a milímetros da mesa, dando a impressão de que era um centro de mesa gigante e suspenso. E a árvore estava toda enfeitada — mesmo virada ao contrário, não havia uma bola ou fita fora do lugar. Aquilo era verdadeiramente bonito. A sensação que tive ao receber esta mensagem foi a de que ele estava melhor do que nunca, enquanto eu e a minha mãe vivíamos no meio do caos. No primeiro Natal que passava longe de nós, ele superou-se e fez uma árvore ainda mais extraordinária do que as que fazia enquanto vivia connosco.

73

Na última vez que o vi, eu tinha dezoito anos. Foi num casamento. Não o via desde a separação, meses antes. Tentei evitá-lo, mas também tinha vontade de falar com ele. As duas forças debatiam-se dentro de mim. Cumprimentámo-nos. Ele enterneceu-se ao ver-me, tinha lágrimas nos olhos. Procurei ceder à tentação de me comover — inclinação que existia e talvez ainda exista em mim. Não fui muito bem-sucedida na tentativa de o evitar. Ele disse-me "olá, miúda", e percebi que tinha urgência em transmitir-me uma notícia. "Descobri que sou bipolar." Ele precisava que eu soubesse. Tirou do bolso uma caixinha e abriu-a para que eu visse os remédios. Garantiu que tomava a medicação e que estava muito melhor. Olhei para a caixinha e olhei para ele. Tentei desenvencilhar-me daquela situação, e evitei-o durante o resto da festa. Mas aquele momento causou-me raiva, angústia e pena.

Eu não sabia o que era bipolaridade, mas sabia que, ao longo dos doze anos em que vivemos juntos, ele nunca quis dar um nome aos seus comportamentos. Tudo se justificava pela razão que tinha acerca de tudo, sempre, inquestionavelmente.

Fiz uma pesquisa sobre bipolaridade. Várias coisas passaram a fazer sentido. Outras tantas, não. Fiquei sempre na dúvida sobre o que era causado pela doença e sobre o que era a natureza dele. No dia em que me mostrou a caixinha, o Paulo procurou desembaraçar-se da responsabilidade, colocando-a toda na doença.

A minha raiva nos tempos seguintes foi direcionada para a caixinha dos remédios. Pensei que ele poderia ter se tratado muito antes, e poupado tanto sofrimento a tanta gente. Irritei-me com ele e com a sua satisfação por ter descoberto a causa de tudo. Irritei-me por ele ter vindo dizer-me que estava curado, depois de tanto tempo doente.

Mas não era, claro, o caso. Não só ele não estava curado, como provavelmente a caixinha não teria resolvido todos os problemas. Soube que também se zangava com a caixinha. Que não tomava sempre a medicação. Que, por vezes, a misturava com outras substâncias. E soube também que continuava a fazer o mesmo, com a mesma violência.

A agressividade dele, a insatisfação dele, as obsessões dele eram muito maiores do que aquela caixinha.

74

O Paulo perguntava-me desde muito nova o que pensava eu fazer da minha vida. Era preciso fazer alguma coisa da vida. A minha vida não estava feita. O Paulo, sim, tem a vida feita. Ele agora está verdadeiramente finalizado. Eu permaneço inacabada e incompleta.

75

Eu devia ir para fora e fazer pela vida. Esta foi uma ideia que o Paulo sempre me transmitiu. Portugal não era um país decente, era um país miserável, e ele dizia que eu tinha de ir para os países por onde ele próprio tinha passado. A maioria dos e-mails que me escreveu dizem respeito a este assunto. Enviou-me dezenas de links para programas académicos e bolsas.

Escolhi ir para Roma através do programa Erasmus, e já tinha anunciado este destino. Mas inscrevi-me simultaneamente numa bolsa de estudo para o Brasil e fui aceite. Não demorei muito a optar pelo Rio de Janeiro.

A viagem representava aquilo com que sonhei durante muito tempo: ir embora. Não falava disso a ninguém, mas sentia-o com muita força. Tinha dezoito anos e a esperança de que, mudando de hemisfério, pudesse mudar a realidade.

Soube que o Paulo achava um disparate a minha ida para o Brasil. "Disparate" era uma das suas palavras.

No voo de ida, encostada à janela do avião, lembro-me de pensar que a minha vida era uma sequência de disparates.

Enquanto o avião descolava, senti que aquela era uma oportunidade para, de certa forma, conseguir descolar de todos aqueles anos.

76

O apartamento para onde fui viver no Rio de Janeiro ficava no bairro do Leme. Ali começa o calçadão, o Leme é uma espécie de antecâmara de Copacabana. Na areia, num bloco branco enorme erguido entre coqueiros, lê-se "Posto 1". Aquele sinal deu-me a sensação de começo.

Ia todos os dias à praia do Leme. Mergulhava todos os dias no mar.

Planeei ficar quatro meses no Rio de Janeiro. Fiquei quatro anos. Não conseguia voltar. Falava com a minha família por videochamada, via-os muito pálidos, meio fantasmagóricos de camisolas de gola alta, e sentia que tudo aquilo pertencia ao passado, como um filme a preto e branco. Fui prolongando o mais possível a minha estada.

O Paulo continuava a mandar-me e-mails, preocupadíssimo com a minha escolha. Num deles, escreveu:

> O Brasil não é porta de entrada para nada. Hoje em dia, gastar a vida em atividades de mera ocupação sem grande objetividade constitui-se num enorme desperdício de tempo e, ainda mais grave, numa quebra numa carreira que até agora parece muito promissora.

Errar, do latim, é andar sem destino, vagar, perder-se. Era o que eu estava a fazer no Rio de Janeiro. Fui deixando o tempo passar.

77

Tenho o pedido de amizade do Paulo pendente no Facebook até hoje. "Paulo enviou-te um pedido de amizade."
    Depois de morto, ali permanece este pedido. Eu estava no Brasil quando apareceu a notificação. Acho significativo nunca ter aceitado o seu pedido de amizade. Mas, pensando bem, também nunca o rejeitei. Deixei-o ali, pendente.
    Às vezes, por curiosidade, ia espreitar o seu perfil. Numa das fotografias, o Paulo aparece sentado no sofá da casa que fora nossa, onde ele permaneceu, com um cão aos pés. Conseguiu o cão. Noutra, estava de bigode. Nunca teve bigode enquanto viveu connosco. Lembrou-me a antiga fotografia dele de barba. O Paulo do passado era barbudo e cabeludo, o do meu tempo era impecavelmente barbeado e careca. Pelos vistos, o Paulo do futuro usava bigode.

78

No ano em que morreu, ele criou uma página de Instagram e começou a seguir-me. Nunca me tinha apercebido do impacto do verbo "seguir" até ele o fazer. Saber que ele me seguia não me tranquilizava.

A página ainda existe, as páginas continuam vivas quando as pessoas morrem. Tem apenas nove posts e parecem frames de um filme de terror. Abri-a agora, enquanto escrevo. Todas as fotografias foram tiradas por ele. Uma mostra um gato branco em cima da mesa da sala de jantar, com um candelabro ao lado. O gato olha para a câmara. Outra é de um quadro que ele fez, com o desenho de um pénis ereto ao lado de uma vagina. Na moldura de madeira, em cima do quadro, estão bonecos em miniatura de personagens do Tintim. Há um vídeo de um cavalinho de madeira, a baloiçar, atrás do que parece a estátua de um urso gigante. Outra é de uma caixa de música com uma minúscula bailarina. Outra é da sala, com um dos seus espelhos que deformam o reflexo. Encostado ao espelho, vê-se um esqueleto. Todas as fotografias são escuras e mórbidas. O seu feed é assustador. Retrata o ambiente em que ele vivia.

O último contacto que recebi dele foi uma mensagem de Instagram enviada dois dias depois de a minha filha ter nascido. Dizia: *Então parabéns.*

Quando a minha filha tinha dois meses, eu estava a dar de mamar sentada no sofá e recebi a chamada que me avisou de que ele tinha morrido.

79

Acabou com o seu sofrimento. Fê-lo ele, só podia ser assim, jamais deixaria que acabassem um trabalho por si. Até mesmo o penoso trabalho de viver. Ele fazia questão de terminar cada um dos seus trabalhos.

Senti aquela como a minha primeira morte. Minha morte no sentido de possuir uma morte. Nunca tinha perdido alguém próximo, e só naquela altura percebi que ele era demasiado próximo. Chorei muito.

Foi um alívio tão grande quando ele desapareceu da nossa vida. Foi uma dor tão grande quando ele desapareceu da vida.

80

O velório do Paulo foi diferente dos outros. Sempre ouvi dizer que nos velórios só se ouvem coisas maravilhosas acerca da pessoa falecida. No dele não.

Cruzaram-se olhares que me lembraram os dos jantares em que ele fazia cenas. Num certo sentido, era como se aquele momento fosse mais uma das suas cenas. Alguém comentou: "Tinha de ser, tinha de estragar o verão a toda a gente".

81

Nos e-mails que me foi enviando, além das recomendações de bolsas de estudo, havia sugestões de coisas que ele achava que eu ia adorar. Insistia muito para que eu visse as performances de Marina Abramović. Na altura, não vi. Não queria seguir nenhuma das suas indicações. Mais tarde, conheci o trabalho de Marina Abramović e adorei.

Ele repetia esta frase: "Gosto de si como se fosse minha filha". Lembro-me de a ler e de sentir uma culpa enorme. Ainda agora sinto. Sempre senti culpa por odiá-lo quando ele me tratava bem, e por gostar dele quando me tratava mal. Agora, à medida que vou escrevendo, deparo-me com os mesmos sentimentos contraditórios que sempre vivi.

Depois da separação dele e da minha mãe, a dado momento, decidi deixar de responder-lhe, apesar das suas insistências, e isso magoou-o muito. "Gosto de si como se fosse minha filha, não percebo porque não me responde."

O Paulo emoldurou o desenho que, aos treze anos, fiz dele e pendurou-o, bem à vista, na parede do seu escritório. Um desenho a lápis de grafite, sem cor, onde a sua cara aparece com grande pormenor. Tem um sorriso leve de escárnio, está de óculos, sem chapéu, com a careca visível. Concentrei todo o meu esforço de detalhe na cara dele, o corpo não mereceu nenhum cuidado, quase como se tivesse desistido a meio. Apesar da minha pouca habilidade e de ser marcadamente infantil, é um desenho que faz qualquer pessoa que o tenha conhecido identificá-lo.

Depois de morrer, a sua família insistiu para que eu o guardasse. "Ele gostava muito de ti", disseram-me várias pessoas próximas dele, na altura da sua morte.

Olhar para este quadro dá-me vontade de chorar. Talvez tenha sido por isso que o voltei ao contrário e o confinei ao fundo de um armário.

82

Hoje sonhei que o Paulo não tinha morrido. Que encenou a sua morte e que tudo não passou de uma performance artística, a sua obra-prima.

Estava vivo e vinha atrás de mim por saber que eu estava a escrever sobre ele. Apareceu-me à frente, desvairado. Usava chapéu. Acordei sobressaltada.

83

Houve uma altura, na adolescência, em que decidi eliminar o Paulo da minha lista telefónica no telemóvel, porque incomodava-me ver o seu nome a piscar sempre que ele me ligava. Transtornava-me ainda mais o facto de aparecer logo a seguir a "Pai". Detestava vê-los ali tão próximos, um por cima do outro.

Quando ele me ligava, aparecia apenas o seu número, que ainda hoje sei de cor. 93xxxxxxx. Um número que significa Paulo.

O nome Paulo continua a piscar e a ecoar em mim. É muito difícil de ultrapassar. O seu nome é a sua continuação. Paulo. Que é o nome de quem já morreu? O nome continua a ser a forma de invocar, mesmo os mortos. Defunto, além de morto, significa esquecido, que caiu no esquecimento. O esquecimento deveria ser o fim do seu nome.

Desenvolvi uma antipatia pelo nome Paulo. Por não me conseguir libertar da sua imagem e por uma espécie de superstição, desconfiava de todos os Paulos que se aproximavam de mim. Cheguei a ter um namorado Paulo quando morava no Brasil e, quando contei à minha mãe, disse-lhe: "Tenho um namorado. Mas há um problema, chama-se Paulo". Como se o nome pudesse transportar nas suas letras partículas do Paulo.

84

Há uns tempos tive um encontro estranho e poderoso. Conheci uma rapariga num jantar, conversámos sobre a vida, e os nossos filhos comeram a sopa juntos. Em conversa, descobrimos, com grande comoção, que tínhamos partilhado o mesmo padrasto. Tratando-se de uma coincidência curiosa em qualquer circunstância, sendo o padrasto que foi, transformou-se num momento de íntima ligação. Demos um abraço. "Ele também estragou a tua infância?" E rimos. Antes de mim, ela. Antes da minha mãe, a dela. Esteve uns anos com a mãe dela e depois começou a namorar com a minha. Foi como o encontro de dois porquinhos após o lobo mau ter destruído as suas casas de palha.

Nos momentos difíceis, lembro-me de pensar, como é comum, que nunca ninguém poderia compreender-me. Não me ocorria que outros campos já tinham sido dizimados por aquela tempestade. Tinha noção de que havia gritos noutros corredores, violência e abusos noutros lares. Mas os berros naquele timbre, a agressividade naquele compasso, a perversidade naqueles gestos, eu achava que era um filme exibido só para mim.

Tratando-se do mesmo homem, a afinidade que nos ligou, às duas, dispensa qualquer elaboração. Pelo menos, era isso que dizia o nosso olhar, carregado da mais intensa compreensão. "Eu chamava-lhe o cagalhão", confessou-me ela. Sorri, mas tive vontade de chorar, porque poderia ter sido eu a chamar-lhe assim.

85

O Paulo foi sempre o tema principal das minhas sessões de psicanálise. Ele e a minha tendência para o procurar nos homens com quem me fui relacionando. Era como se fosse o Paulo a definir a direção que a minha vida tomava.

O Paulo sempre foi a minha maior obsessão, de tal forma que acabei por repetir o que a minha mãe viveu. Só quando passei pelo mesmo é que consegui verdadeiramente perceber e perdoar.

Por causa da pandemia, comecei a fazer psicanálise à distância. Ia de carro até a praia, estacionava em frente, reclinava o banco para simular o efeito divã, e a voz do psicanalista ecoava nos altifalantes como se fosse Deus. Um Deus freudiano. Tratava-o por Professor, o que conferia à sessão um ar solene e misterioso, como se conjurássemos planos clandestinos, como se fizéssemos parte de uma sociedade secreta.

Usávamos metáforas relacionadas com o mar. O mar ajudava a perceber melhor. Uma metáfora bem simples. Eu tinha medo de me afogar, de não conseguir nadar sozinha sem uma boia. O Paulo simbolizava essa boia na minha infância, e as pessoas com quem me relacionava representaram-na daí para a frente. Eu tinha medo de ir ao fundo sem eles. Porque não sabia nadar. O Professor fez-me perceber que eu estava equivocada, que eu sabia nadar, e que eles não eram uma boia, mas sim uma espécie de âncora, um peso que fazia com que fosse muito mais difícil nadar e que acabaria, isso sim, por me levar ao fundo.

Ao longo das sessões, fomos evoluindo na metáfora. Ele fez-me ver como eu sabia nadar. Ajudou-me a perder o medo do mar. Mais tarde, tínhamos o objetivo de construir um barco. Uma estrutura. O próximo passo seria desatracar o barco e deixar-me capaz de ir ao leme.

Apeguei-me muito ao Professor. As nossas sessões eram o ponto alto da minha semana. Ele dizia-me que ficaria ali a ajudar-me e que não ia a lado nenhum. Mas foi. Morreu de covid. Foi para lado nenhum. Doeu muito.

Senti-me desamparada, senti-me traída pelo Professor, por me ter deixado sozinha. Gostava muito dele, sentia que era a pessoa que melhor me compreendia e que mais me ajudava. Incentivava-me a escrever, e quando lhe contava as histórias que tinha na cabeça ele bufava e dizia que eu deveria era escrever sobre aquilo que lhe contava. "Escreva sobre isso, sobre o que as pessoas vivem e não contam."

Penso nele muitas vezes. Vou para o carro e falo na mesma para o ar, como se falasse com Deus, como se falasse com ele. Imagino a sua sala silenciosa e o divã vazio.

Com a sua morte, senti-me largada num mar revolto, mas estou-lhe agradecida, porque acho que ele foi a tempo de me deixar ao leme.

86

Enquanto crescia, prometia a mim mesma que na minha vida nunca aceitaria uma situação parecida com a que vivi na infância. Passava noites a imaginar o dia em que me veria livre daquilo e jurava que jamais passaria pelo mesmo. Nunca deixaria ninguém assim aproximar-se de mim. Nunca permitiria que um homem me maltratasse. Nunca seria como a minha mãe.

Mas foi exatamente o que fiz. Não sei como fui capaz de sabotar todas as minhas decisões de criança. A psicanálise ajudou-me a compreender, em parte, a força do inconsciente que me puxava para o "familiar", mesmo que o familiar fosse um abismo.

Apesar de tudo, nunca consegui sentir-me uma vítima por completo, porque sabia exatamente o que se estava a passar. Ao mesmo tempo, não me abandonava a sensação de que tinha caído numa armadilha.

Vivi uma situação tão parecida quanto possível. Os comportamentos repetiram-se. A sensação de déjà-vu foi assustadora. Relativizei a violência. Perdoei-a depressa. Tinha uma amnésia muito rápida, quase instantânea, e conseguia, com uma velocidade assustadora, passar do choro a uma alegria distraída.

Mantive uma fachada artificial para o exterior. Ao mesmo tempo, parecia que a vida me pregava uma partida cruel. Senti-me, como na infância, sozinha e encurralada. Duvidei seriamente de que houvesse salvação. Não compreendi que podia escolher. Senti que essa capacidade me tinha sido roubada. Fui ameaçada de morte e tive medo de morrer. Senti-me incapaz de agir, e passei os dias com a mesma imobilidade que na minha mãe me desesperava. Com a sensação de que não saberia viver sem aquilo.

Fui acordada com gritos. Fui agredida física e verbalmente. Tive um homem a dizer-me que não conseguia parar de imaginar a parede com o meu sangue.

87

Entrei na sala. Não o via desde o casamento, desde a vez em que ele me mostrou a caixinha dos remédios. Será que poderia considerar aquele encontro um "estar com ele", sendo que ele estava morto? Talvez não. Estar com alguém exige a comparência dos dois. E ele tinha deixado de comparecer.

Olhei para o seu corpo, estático. Não poderia estar de outra forma, mas, ainda assim, a imobilidade foi para mim o mais evidente. Tinha um lençol a cobri-lo, mas a sua presença transcendia qualquer lençol. Lembrei-me das sestas que ele fazia na sala, de barriga para cima, tapado por uma manta.

Não se sabe bem de onde vem a palavra "cadáver", mas calcula-se que do latim, e que tenha origem no termo "cair". Ele tinha caído. E estava caído para a eternidade.

Perguntaram-me se queria ver o corpo. Não quis. Ponderei. Muitas foram as vezes em que imaginei que ele morria. Lembro-me de pensar, em vários momentos, que seria essa a solução. E de passar jantares inteiros a desejar que ele se engasgasse ao beber o seu copo de vinho. A separação parecia impossível e a sua morte seria a única forma de acabar com tudo. Pensei que podia sentir uma espécie de vingança cumprida ao vê-lo morto, mas não fui capaz de olhar. Mantive na memória uma última imagem dele vivo, em lágrimas, frágil. Um homem que precisava de ajuda.

88

Há experiências que deixam marcas no corpo que nunca desaparecem.
O Paulo deixou-me marcas em tinta permanente.
Ele dizia que se podia desenhar em cima de qualquer coisa. Este livro é a minha tentativa de desenhar por cima dele.

Agradecimentos

À minha mãe, pelo exemplo de força e liberdade.
Ao meu pai, pelas histórias.
À avó Liques e à avó Petit, pelo amor.
À Carolina e à Constança, pelas memórias boas.
Ao André, ao Francisco, à Vera, às Bias e à Mariana, pela amizade incondicional.
Ao Gonçalo, pelo apoio e cuidado.
Ao professor José Gabriel e ao Guilherme, pela escuta.
À Madalena, à Clara e à Cristina, pelo trabalho e dedicação.
À Sofia e à Benedita, pela alegria.

Leme © Madalena Sá Fernandes, 2024
Publicado mediante acordo com Literarische Agentur Mertin Inh.
Nicole Witt e. K., Frankfurt am Main, Germany.

Todos os direitos desta edição reservados à Todavia.

Respeitou-se aqui a grafia usada na edição original.

capa
Elisa v. Randow
obra de capa
Jimena Estíbaliz
composição
Jussara Fino
preparação
Ana Alvares
revisão
Jane Pessoa
Érika Nogueira Vieira

Dados Internacionais de Catalogação na Publicação (CIP)

Fernandes, Madalena Sá (1993-)
  Leme / Madalena Sá Fernandes. — 1. ed. —
São Paulo : Todavia, 2025.

  ISBN 978-65-5692-783-1

  1. Literatura portuguesa. 2. Romance. 3. Ficção contemporânea. 4. Violência contra a mulher. I. Título.

CDD 869.3

Índice para catálogo sistemático:
1. Literatura portuguesa : Romance 869.3

Bruna Heller — Bibliotecária — CRB-10/2348

todavia
Rua Luís Anhaia, 44
05433.020 São Paulo SP
T. 55 11. 3094 0500
www.todavialivros.com.br

fonte
Register*
papel
Pólen bold 90 g/m²
impressão
Geográfica